ANLEITUNG
FÜR EINEN
Werwolf

2. Auflage, 2021

© 2021 Alle Rechte vorbehalten.

Barbara Lang

Seidererstr. 44

84056 Rottenburg an der Laaber

Herstellung und Verlag: BoD – Books on Demand,
Norderstedt

Korrektorat: Melina Coniglio (www.melinaconiglio.de)
Coverdesign: Giessel Design (www.giessel-design.de)

ISBN: 9783752687484

Prolog

Telefonprotokoll von Samstag, 09. Mai 2020, 10:00 Uhr

Telefonische Annahme

Anrufannahme: „Willkommen bei der Auskunftsstelle für Schädlingsbekämpfung. Wie kann ich Ihnen helfen?"

Anrufer: „SCHÄDLINGSBEKÄMPFUNG?! Was zum Henker soll das denn? Wollen Sie mich verarschen? Ich habe keine Schädlinge im Haus!"

Anrufannahme: „Nein. Ich möchte Sie nicht verarschen, ich befolge lediglich das Protokoll. Bitte nennen Sie mir Ihren Namen."

Anrufer: „Ich bin Jeff. Jeff Mayer"

Anrufannahme: „Okay! Jeff, wie kann ich Ihnen weiterhelfen?"

Anrufer: „Wenn ich das wüsste, würde ich ja nicht hier anrufen!"

Anrufannahme: „–"

Anrufer: „Also, ich habe da so eine Visitenkarte gefunden. Auf der stand diese Nummer, die ich gerade gewählt habe, neben der Aufforderung, anzurufen."

Anrufannahme: „Sehr gut! Vielen Dank, Jeff. Bitte drehen Sie die Karte nun um und geben Sie mir den sechsstelligen Sicherheitscode durch, den Sie auf der Rückseite finden, durch."

Anrufer: „Was soll denn das nun wieder? Sicherheitscode... Na ja, wie Sie wollen: 16WW22."

Anrufannahme: „Herzlichen Dank! Ich werde Sie nun zu Ihrem persönlichen Betreuer oder Ihrer persönlichen Betreuerin durchstellen. Ich wünsche Ihnen noch einen schönen Tag."

Anrufer: „Was ist denn das für ein Sch-"

Zentrale für Werwolf-Angelegenheiten

Telefonistin: „Hallo, Jeff! Ich bin Dina. Danke, dass Sie gewartet haben."

Anrufer: „Hmmm!"

Telefonistin: „Ich weiß, wie verstörend und nervig diese Situation für Sie sein muss. Und nachdem es nicht das Geringste helfen würde, es Ihnen behutsam zu erklären, falle ich nun einfach sprichwörtlich mit der Tür ins Haus."

Anrufer: „Wie meinen Sie denn das jetzt?!"

Telefonistin: „Jeff, Sie haben doch heute, als Sie aufgewacht sind, in Ihrer Nähe diese Visitenkarte gefunden. Und mit Sicherheit kratzen Sie sich während wir reden auch schon die ganze Zeit an einer extrem juckenden Stelle an Ihrem Körper."

Anrufer: „Was soll das? Wollen Sie mir etwa weismachen, Sie könnten hellsehen? Oder haben Sie in meiner Wohnung eine Kamera versteckt?"

Telefonistin: „Nein, Jeff. Meine Erfahrung sagt mir das."

Anrufer: „Aha."

Telefonistin: „So, Jeff. Nun sollten Sie sich am besten hinsetzen. Es sei denn, sie sitzen bereits. Dann bleiben Sie bitte einfach sitzen."

Anrufer: „Ich sitze. Wollen Sie mir jetzt

erklären, dass meine Wohnung über Nacht von einer außerirdischen Spezies an Schädlingen heimgesucht worden ist?"

Telefonistin: „Ob Sie es glauben oder nicht. Sie liegen gar nicht mal so falsch. Die Wahrheit ist: Sie wurden gestern Nacht von einem Werwolf gebissen und sind von diesem folglich ebenfalls in einen Werwolf verwandelt worden. Daher auch die juckende … Jeff? Sind Sie noch da? Hm, hat wohl aufgelegt."

Telefonprotokoll von Samstag, 09. Mai 2020, 10:30 Uhr

Telefonische Annahme

Anrufannahme: „Willkommen bei der Auskunftsstelle für Schädlingsbekämpfung. Wie kann ich Ihnen helfen?"

Anrufer: „Jetzt hören Sie schon auf mit dem Scheiß! Angeblich bin ich ein Werwolf. Also stellen Sie mich schon durch!"

Anrufannahme: „Bitte nennen Sie mir Ihren sechsstelligen Sicherheitscode."

Anrufer: „Nicht Ihr Ernst? Na, wie Sie meinen. 16WW22."

Anrufannahme: „Vielen Dank, Herr Mayer. Ich werde Sie nun zu Ihrem persönlichen Betreuer oder ihrer persönlichen Betreuerin durchstellen. Ich wünsche Ihnen noch einen schönen Tag."

Anrufer: „Jaja! Sie können mich ma– ... So, eine verdammte Scheiße!"

Zentrale für Werwolf-Angelegenheiten

Telefonistin: „Hallo, Jeff! Da sind Sie ja wieder."

Anrufer: „Ja, da bin ich wieder. Ganz toll! Und wie geht es jetzt weiter?"

Telefonistin: „Laut Protokoll begleite ich Sie ab heute für circa ein Jahr und bringe Ihnen alles bei, was Sie für Ihr neues Leben als Werwolf wissen müssen. Sie werden während dieser Zeit sicherlich jede Menge Fragen haben. Daher bekommen Sie nun von mir eine andere

Telefonnummer, die Sie sich unbedingt notieren sollten. Unter dieser Nummer können Sie mich nämlich jederzeit erreichen. Zudem sieht das Protokoll vor, dass wir uns von nun an in regelmäßigen Abständen treffen. Das erste Treffen sollte noch vor Ihrer ersten Verwandlung stattfinden."

Anrufer: „Was meinen Sie mit ‚Verwandlung'?!"

Telefonistin: „Ihre erste Verwandlung zum Werwolf, natürlich."

Anrufer: „Langsam können Sie nun wirklich damit aufhören. Werwölfe gibt es doch nur in der Mythologie und in Gruselgeschichten für Kinder."

Telefonistin: „Wenn dem so wäre, würden Sie im Augenblick gar nicht mit mir sprechen. Mein Name ist übrigens Dina. Ich bin Werwolf von Geburt an und ab sofort Ihre persönliche Betreuerin. Ihr so genannter Operator, für Ihre ersten Schritte in Ihrem neuen Leben. Da in zwei Wochen bereits wieder Vollmond ist, würde ich vorschlagen, dass wir uns einfach kommende Woche treffen. Was meinen Sie?"

Anrufer: „Wenn das Ihre Art ist, an ein Date zu kommen … von mir aus."

Telefonistin: „Gut! Wie wäre es denn mit einer Hafenrundfahrt? Da können wir uns in Ruhe unterhalten."

Anrufer: „Wenn Sie eine Fahrt auf dem zugigen Deck eines Touristenfrachters im Frühjahr für den perfekten Ort für ein romantisches Treffen halten …"

Telefonistin: „Oh, romantisch wird es mit Sicherheit nicht werden. Aber dort kann man sich auf jeden Fall gut unterhalten. Wie wäre es mit Dienstagnachmittag?"

Anrufer: „Okay … Na , dann. Und was jetzt?"

Telefonistin: „Haben Sie denn im Augenblick noch Fragen?"

Anrufer: „Nein!"

Telefonistin: „Alles klar! Dann sehen wir uns am Dienstag um vierzehn Uhr an der Landungsbrücke zwei – vor den Ausflugsschiffen der Reederei ‚Heulender Seehund'. Wenn Sie in der Zwischenzeit Fragen haben, können Sie mich gern jederzeit anrufen. Und damit meine ich wirklich jederzeit, Jeff."

Anrufer: „Ja, schon klar. Und Sie kommen mit einer roten Rose im Haar, damit ich Sie erkenne, oder wie?"

Telefonistin: „Natürlich, wenn Sie das gern so hätten. So, nun wünsche ich Ihnen noch ein schönes Wochenende, Jeff. Bis nächste Woche."

Anrufer: „Bis dann."

Kapitel 1

Jeff liebte es, von der Sonne geweckt zu werden. Genauso wie er es liebte, zu wissen, dass er bald wieder auf See sein würde. Bald würde er wieder das Salz des Meeres riechen, schmecken und spüren. Für ihn gab es keinen besseren Job als seinen: auf seiner Brücke zu stehen und mit dem Koloss unter seinem Hintern durch die Meere der Welt zu pflügen.

Doch heute Morgen war irgendetwas anders. Diese komische Wunde an seinem Arm schmerzte und juckte schon wieder. Na ja, woher der Schmerz kam, das konnte er sich zumindest vorstellen. Er hatte sie sich im Schlaf vermutlich aufgekratzt, denn sie blutete leicht.

Aber woher die Wunde an sich kam, daraus konnte er sich immer noch keinen Reim machen. Auch zwei Wochen nachdem er in einem Club diese heiße Brünette aufgerissen und mit nach Hause genommen hatte.

Das Telefonat am Samstagmorgen mit dieser

Schädlingsbekämpfungs-Hotline hielt er für ein Produkt seiner Phantasie.

Er und ein Werwolf! Wo doch jedes Kind wusste, dass es Werwölfe nur in Geschichten gab. Dumme Gruselgeschichten für Kinder eben. Daher war er nicht zu diesem Treffen gegangen, von dem er sich vage erinnerte, es ausgemacht zu haben. Wenn er sich schon das Telefonat eingebildet hatte, warum dann nicht auch das Treffen mit dieser seltsamen Frau?

Und trotzdem geisterte irgendwie seit Tagen diese eine Frauenstimme wie ein Ohrwurm in seinem Kopf herum. Sanft, verständnisvoll und irgendwie sexy. Aber es war definitiv nicht die Stimme der Brünetten. Diese war rauchiger, verruchter.

Die ganze Frau war so dermaßen verrucht gewesen, erinnerte er sich wieder. Was sofort zu einem wohligen Ziehen in seiner Leistengegend führte.

So, Schluss mit den Grübeleien! Wenn er nun schon wach war, konnte er den Tag genauso gut sinnvoll nutzen.

Er würde ins Fitnessstudio gehen, ein paar Gewichte heben. Wie an jedem Tag, den er an Land verbrachte. Schließlich war es wichtig, dass sein Körper auch weiterhin in Form blieb. Denn auch wenn die Arbeit auf einem Containerschiff körperlich bei weitem nicht mehr so anstrengend war, wie früher, so verlangte sie einem doch einiges ab. Daher nutzte Jeff seine freie Zeit an Land zum Training. Und außerdem half ihm ein trainierter Körper auch bei seinen nächtlichen Streifzügen durch die Clubs der Stadt.

Am Nachmittag würde er dann noch schnell am Hafen vorbeifahren und sich über seinen nächsten Auftrag informieren.

Also schwang Jeff stöhnend die Beine aus dem Bett und marschierte ins Bad.

Manche mochten es für Wasserverschwendung halten, vor dem Sport zu duschen. Aber er liebte diesen Luxus, den er sich nur gönnen konnte, wenn er nicht auf See war. Ein Blick in den Spiegel zeigte ihm außerdem, dass er auch seinem Friseur dringend mal wieder einen Besuch abstatten sollte, denn seine schwarzen Haare fielen ihm in dichten, zotteligen Strähnen ins Gesicht. Seine dunklen Haare und sein dunkler Teint standen im Kontrast zu seinen strahlendgrünen Augen. Aber genau dieser Kontrast und sein Image als Seefahrer machten seinen Charme aus. Davon war Jeff überzeugt.

Er beugte sich etwas näher an den Spiegel und warf einen weiteren kritischen Blick auf seine chaotische Frisur. Bildete er sich das ein oder waren die gestern noch ein paar Zentimeter kürzer gewesen? Und etwas weniger verwuschelt?

Wahrscheinlich wurde es schlichtweg nur wieder Zeit, dass er zu seinem geregelten Tagesablauf an Bord zurückkam. Zu lange Phasen an Land taten ihm offenbar nicht gut.

Kopfschüttelnd zog er seine Boxershorts aus und trat in den Strahl der Dusche. Genießerisch schloss Jeff die Augen und reckte seinen Kopf der Duschbrause entgegen. Das kalte Wasser klatsche ihm direkt ins Gesicht und lief durch seine Haare und an seinem Körper hinunter.

Er duschte meistens eiskalt. So kalt, dass sich seine Haut sich nach dem Duschen wunderbar kühl anfühlte.

Doch heute verdunstete das Wasser regelrecht auf seiner Haut. Irritiert rieb Jeff über seinen Arm und zuckte zusammen, als er die seltsame Wunde berührte. Ihm war, als könnte man den Biss inzwischen deutlich erkennen.

„Jetzt krieg dich wieder ein.", brummte er in den kalten Wasserstrahl. „Das ist doch keine Bisswunde!"

Die Lust am Duschen war ihm allerdings vergangen. So stellte er das Wasser ab, trat aus der Duschkabine und griff nach seinem Handtuch.

In diesem Moment klingelte drüben im Schlafzimmer sein Handy. Fluchend wickelte er sich das Handtuch um die Hüfte, stolperte über den Badeteppich und stürzte zum Bett, um sein Handy aus dem Chaos der Laken zu fischen.

„Ja?!", knurrte er.

„Spreche ich mit Jeff Mayer?", schallte es ihm

entgegen.

„Ja. Wer ist da?"

„Hier ist Dina! Dina MacDougal von der Werwolf-Hilfe-Hotline. Sie erinnern sich sicher an unser Gespräch von vor gut zwei Wochen?"

Das konnte doch nur ein blöder Scherz sein! Diese ganze Sache mit der Werwolf-Hotline klang wie ein einziger Witz.

„Dina?"

„Ja?", schallte es erneut aus der Leitung.

„Tun Sie mir bitte einen Gefallen und hören Sie langsam auf, mich zu verarschen."

Am anderen Ende wurde mit Papier geraschelt. „Bitte entschuldigen Sie. Aber so ein hartnäckiger Fall wie Sie ist mir bisher auch noch nicht unter gekommen. Ich habe Ihnen ein erstes Treffen vorgeschlagen, zu dem Sie nicht gekommen sind. Anschließend habe ich die vorgeschriebene Zeit gewartet, um es erneut telefonisch zu versuchen. Aber irgendwie scheine ich bei Ihnen wohl auf taube Ohren zu stoßen, Jeff." Sie schien ihre Blätter bei Seite zu legen, holte kurz Luft und fuhr etwas gepresst fort. „Okay! Dann fangen wir einfach nochmal von vorn an. Sie haben doch eine Visitenkarte von uns und eine unerklärliche Bisswunde an Ihrem Körper gefunden, oder? Und ich habe bereits versucht, Ihnen zu sagen, was dies bedeutet. Es bedeutet …"

Jeff schnitt ihr das Wort ab. „Es bedeutet, dass mich da jemand verarschen möchte! Irgendwer hat mir diese Visitenkarte untergejubelt, um mir einen Streich zu spielen. Sie können also gern mit Ihrer bescheuerten Hotline-Geschichte aufhören und mich in Ruhe lassen. Schönen Tag noch!"

Mit diesen Worten legte er auf und warf sein Handy zurück aufs Bett. Nur um es gleich wieder aufzunehmen und bei seinem Friseur anzurufen.

Er vereinbarte einen Termin für den Nachmittag, warf seine Sportsachen in eine Tasche und verließ immer noch stinksauer seine Wohnung.

Nach einer guten Stunde hatte er sich wieder einigermaßen entspannt. Zudem war er vom Dauerlauf auf dem Laufband und einigen kräftigen Zügen am Rudergerät schon ein wenig ins Schwitzen geraten.

Andererseits mochte es aber vielleicht auch an dem kleinen, runden Po der heißen Rothaarigen liegen, der vor ihm auf dem Crosstrainer auf und ab hüpfte.

Nein, Jeff war definitiv kein Kostverächter. Zu seinem Glück sah er auch noch so verdammt gut aus, dass er bisher keine Probleme gehabt hatte, die Frau zu bekommen, die er gerade wollte. Und dieses griffige Hinterteil da vor ihm war mehr als nur nett anzuschauen.

Als ob sie seine Gedanken gehört hatte, stieg die Rothaarige vom Crosstrainer und warf ihm im beim Vorbeigehen einen koketten Blick zu. Jeff hätte fast das Seil, an dem die Gewichte des Rudergeräts hingen, losgelassen, um ihr hinterher zu hechten. Riss sich aber dann doch zusammen und folgte ihr nicht zu den Geräten.

Während er an seinem Rudergerät weiter ins Schwitzen geriet, beobachtete er die Rothaarige beiläufig bei ihren Übungen. Arme, Beine, Bauch und Po… alles wurde gewissenhaft trainiert. Nein, das stimmte nicht ganz. Alles *war* bereits gewissenhaft trainiert. Sie hatte nicht nur umwerfende Rundungen, sondern auch einen definierten Bauch.

Aus dem Augenwinkel nahm er zwei Ruderbänke weiter eine Bewegung wahr. Als er sich nach rechts drehte, sah er wieder diesen Kerl, der diese Woche immer zu den gleichen Zeiten wie er im Studio zu sein schien. Zu Jeffs Überraschung sah ihn dieser weiter unverwandt an, als er zu ihm rüber schaute.

Beobachtete ihn dieser Kerl etwa?

Ach, was soll's. Das wäre auf jeden Fall nicht das erste Mal, dass er fürs gleiche Geschlecht interessant war, dachte Jeff. Aber, was kümmerte es ihn? Er musste schließlich darauf achten, die Sexbombe bei ihrem Zirkeltraining nicht aus den Augen zu verlieren.

Als sie endlich ihr Handtuch nahm, um in die Kabine zu verschwinden, war Jeff klatschnass. Dennoch schleppte er sich nun ebenfalls zu den

Geräten und schickte sich an, einige Gewichte zu heben.

Als er seinen üblichen Zirkel beendet hatte, schnappte er sich sein Handtuch und verschwand in der Herrenumkleide. Erstaunt stellte er fest, dass er zwar schweißnass war, sich aber irgendwie richtig erfrischt fühlte. Normalerweise zogen seinen Muskeln nach dem Training immer angenehm vor Erschöpfung.

Das musste wohl daran liegen, dass er mittlerweile schon gut drei Wochen zu Hause war und in dieser Zeit regelmäßig trainiert hatte.

Frisch geduscht sammelte er seine Sachen zusammen, warf alles wieder zurück in die Tasche und blickte auf sein Handy. Zwei Anrufe in Abwesenheit und eine Sprachnachricht auf der Mailbox. Von einer Hamburger Nummer, die er nicht kannte.

Einer spontanen Eingebung folgend, scrollte er weiter runter. Bis zu der Nummer, die ihn am Vormittag angerufen hatte. Es war die gleiche!

Widerwillig hörte er die Mailboxnachricht ab:

„Hallo, Jeff, hier ist Dina! Ich kann mir schon denken, dass ich dir langsam wirklich auf die Nerven falle. Allerdings ist es sehr, sehr wichtig, dass wir uns heute noch treffen. Bitte rufe mich zurück! Es geht ja schließlich auch um deine Sicherheit."

„Verrücktes Weib!"

Jeff legte auf und löschte die Nachricht. Anschließend pfefferte er sein Handy zurück in die Tasche.

Er würde jetzt erst mal in aller Seelenruhe zum Friseur gehen, seine Sportsachen in seine Wohnung im schönen Stadtteil Grimm bringen und sich dann auf den Weg zu seinem Chef machen.

Mal anfragen, was in den nächsten Wochen so anstand.

Bei dem Gedanken, mal wieder für einige Wochen nur schwankenden Boden unter seinen Füßen zu spüren, hatte er diese seltsame Dina und den ganzen Werwolf-Kram gleich schon wieder vergessen.

Jeff hatte Glück. Er und sein Schiff würden am kommenden Samstag wieder auslaufen. In Richtung Südamerika. Genauer gesagt, nach Kolumbien!

Für ihn bedeutete das, einige wunderbare Wochen auf See zu verbringen. Eine steife Seebrise von morgens bis abends, eine über zu wenig weibliche Ablenkung und vereinzelt auch über Seekrankheit jammernde Besatzung sowie ein Schiffsrumpf voll mit duftenden Kaffeebohnen.

Wirklich, Jeff konnte sich keinen besseren Job als seinen vorstellen. Diese eine Woche, bis sie in See stachen, würde er auch noch hinter sich bringen.

Vielleicht sollte ich vorher mal wieder meine Mutter besuchen, dachte er mit einem Hauch schlechten Gewissens.

Aber wenn er ehrlich zu sich war, hatte er weder Lust auf die lange Autofahrt zu ihr in einem Mietwagen, noch auf ihren vorwurfsvollen Blick. Weil ihr einziger Sohn sie fast nie besuchte, während sich seine beiden Schwestern sich doch förmlich die Klinke in die Hand gaben. Weil ihr einziger Sohn immer noch nicht verheiratet war und das Leben eines Vagabunden einem gesitteten Familienleben vorzog.

Vielleicht sollte er stattdessen später einfach nochmal in den Nachtclub von neulich gehen. Noch ein bisschen Vagabund spielen. Irgendwie gefiel ihm dieser altmodische Ausdruck, den seine Mutter ihm immer mit einem Kopfschütteln sowie einem enttäuschten Blick entgegenbrachte.

Er stand noch immer vor dem großen Bürokomplex seiner Reederei im Hamburger Hafen. Für nicht Eingeweihte war es ein heilloses Durcheinander an Containern, Schiffen, Kränen und Menschen – die reinste Symphonie für Jeff. Er stand inmitten dieses Chaos und sah der Sonne zu, wie sie langsam im Meer versank. Wunderschön und blutrot zeichnete sie sich gegen den dunklen Grün-Blau-Ton des Wassers ab. In solchen Momenten schoss ihm immer der Ausspruch aus dem Fantasy-Epos ‚Der Herr der Ringe' über die Bedeutung eines blutigen Sonnenuntergangs in den Kopf. An Tagen, an denen die Sonne blutrot am Horizont versank, war Blut vergossen worden, hatte Tolkien einst einen seiner Elben sagen lassen. Er konnte zwar mit dem Genre Fantasy nichts anfangen. ‚Der Herr der Ringe' aber gehörte ja praktisch schon zur Allgemeinbildung. Und dieses Zitat war so schaurig schön, dass sogar er es sich gemerkt hatte.

Schweren Herzens riss sich Jeff von dem Bild, der hinter den Kränen und Containerschiffen untergehenden Sonne, los und schlug den Weg zu seiner Harley ein.

Dieses Motorrad war für seine Mutter ein weiteres Indiz dafür, dass ihr Sohn einfach nicht erwachsen werden wollte. Denn welche klardenkende Frau würde sich schon auf einen Mann einlassen, der lediglich ein Motorrad besaß?

Aber Jeff liebte seine Maschine.

Sein Weg führte ihn vorbei an der Werft seines Arbeitgebers. An Türmen aus Containern, die manchmal so groß waren wie ganze Häuser, sowie einigen noch größeren Lagerhallen.

Als er gerade an der Tür einer dieser Hallen vorbei schlenderte, traf ihn plötzlich ein stechender Schmerz in seiner Wunde im Arm. Mit einem Aufschrei krümmte er sich zusammen und drückte mit der linken Hand auf die schmerzende Stelle.

Was zur Hölle war mit ihm los?! Heute früh noch, war sie vielleicht ein bisschen aufgekratzt, aber sonst vollkommen in Ordnung gewesen. Und jetzt fühlte es sich plötzlich an, als würde ihn ein riesiger Hund ihn in den Arm beißen.

Noch während er sich dachte, dass langsam seine Phantasie mit ihm durchging, durchzuckte ihn eine Erinnerung.

Er auf den weißen Laken seines Bettes, auf dem Rücken liegend, und die Brünette über ihm. Sie brachte ihn fast um den Verstand. Küsste und

neckte ihn an seinen empfindlichen Stellen –
bevor sie ihm genüsslich in seinen Arm biss.

Genau dort, worauf er gerade seine Hand
presste.

Verwundert blickte Jeff auf seine Hand und
stutzte. Seit wann war sie denn so haarig? Er
hatte zwar schon immer eine recht hartnäckige
Brustbehaarung, aber gleich bis zur Hand hatten
die Haare bisher noch nicht gereicht.

Panisch schob er die Ärmel seines Pullovers
nach hinten. Da waren überall Haare! Nicht so
kleine Büschel, wie man sie normalerweise auf
den Armen hatte. Nein, eher so viel, wie man sie
an den Gliedmaßen von Hunden vermuten würde.

Er stutzte. Hunde? Nein, Werwölfe!

Die verrückte Frau am Telefon würde doch
nicht etwa recht behalten? War er tatsächlich in
einen Werwolf verwandelt worden?

Wie um sich selbst zu widersprechen, lachte
Jeff laut auf. Als er weitergehen wollte, sackten
seine Beine unter ihm zusammen.

Verdattert blickte er an sich runter und stellte fest, dass diese nun seltsam gebogen waren. Und… ebenfalls haarig!

Mit Sicherheit hatte ihm heute jemand im Fitnessstudio etwas in sein Getränk gemischt. Irgendwelche dubiosen Mittelchen, die sich bei ihm zu einem waschechten Werwolf-Albtraum auswuchsen.

Aber, was auch immer hier vor sich ging, er konnte es auf keinen Fall riskieren, in diesem desolaten Zustand von einem seiner Kollegen oder gar seinem Chef gesehen zu werden.

So zog er mühevoll an der Tür der Lagerhalle neben ihm. Doch sie bewegte sich keinen Millimeter! Er stemmte sich nochmal mit seinem ganzen Gewicht gegen sie. Da gab sie ein bisschen nach und öffnete sich einen winzigen Spaltbreit. Als er gerade anfangen wollte, nun doch noch vollends an sich selbst zu zweifeln, packten ihn vier kräftige Hände.

Er wurde – oder zumindest kam es ihm so vor - von zwei großen Männern, gepackt. Jeder von beiden legte sich einen seiner Arme um die Schulter, und so schleppten sie ihn davon.

Nach ein paar Augenblicken merkte er, wie er unsanft wieder abgesetzt wurde. Aber mehr drang nicht mehr durch den starken Nebel, der in seinem Gehirn waberte. Die Schmerzen in seinen Gliedmaßen raubten ihm den Atem und ließen ihn gleichzeitig seinen Proteinshake wieder herauswürgen. Bis er schließlich kraftlos in sich zusammen sackte und auf die Seite kippte.

Kapitel 2

„Hey, Mann! Wir wissen alle, dass die erste Verwandlung schwer ist. Aber langsam solltest du echt wieder aufwachen."

Jeff blinzelte angestrengt.

Sprach die Stimme etwa mit ihm? Was meinte sie mit ‚Verwandlung'? Und warum zur Hölle konnte man ihn nicht einfach hier liegen und sterben lassen? Er fühlte sich, als wäre ein 40-Tonner über ihn hinweggerollt.

Doch irgendjemand rüttelte so unbarmherzig, wie unnachgiebig an seinem Arm und zwang ihn dazu, wach zu werden.

Schließlich öffnete Jeff die Augen und starrte geradewegs in ein großes, haariges Gesicht. Schockiert stierte er den Mann an, bis sein Blick klarer wurde und er erkannte, dass der andere einfach nur einen großen Rauschebart hatte. Einen von dieser stylisch zurechtgeschnittenen Sorte, die derzeit so megaangesagt war. Oberhalb des haarigen Modestatements blickten zwei große, freundliche Augen auf Jeff herunter.

„Sehr gut, Mann! Konzentriere dich auf mich. Und komme zurück in die Realität."

So konzentrierte sich Jeff, wie ihm geheißen, auf den bärtigen Mann, bis er wieder klar und deutlich sehen konnte. Dann setzte er sich langsam auf und begann, sich in seiner näheren Umgebung umzusehen.

Er befand sich anscheinend immer noch in einer der Lagerhallen am Hafen und außer ihm und dem Bärtigen waren weitere Männer im Raum. Hinter dem Bärtigen stand ein etwa gleichaltriger Mann und blickte sorgenvoll auf Jeff herab. *Aber, das ist doch der Kerl aus dem Fitnessstudio*, schoss es ihm durch den Kopf. Als er ihn so anstarrte, wechselte der Gesichtsausdruck des Mannes. Zu der Besorgtheit mischte sich Verlegenheit.

Jeff schüttelte den Kopf und sah sich weiter im Raum um. Etwas abseits lehnte ein weiterer Mann lässig an einer der wenigen unversehrten Kisten in dieser Lagerhalle. Er trug einen dunklen perfekt sitzenden Anzug, hatte die Arme vor der Brust verschränkt und beobachtete Jeff schon die ganze Zeit.

Weiter hinten entdeckte er schließlich zwei Gestalten in gelben Anzügen, die durch die Lagerhalle streiften. Sie schienen eine Bestandsaufnahme des ganzen Chaos, um sie herum zu machen.

„Willkommen zurück, Alter!", meinte der Bärtige, der immer noch neben Jeff kniete und aufpasste, dass dieser nicht umkippte. „Ich bin Michael, und das ist Nick. Ihn kennst du ja eigentlich schon aus deinem Fitnessstudio." Ihm schien nicht entgangen zu sein, dass Jeff seinen Kumpel erkannt hatte. „Der griesgrämige Zeitgenosse hier hinter uns, ist Herr Müller. Und die da hinten," er deutete auf die beiden Gelben, „das sind unsere namenlosen Cleaner. Nicht wahr, Jungs?"

Michael sprach so laut, dass sie ihn auf jeden Fall verstehen mussten. Eine Reaktion auf die flapsige Vorstellung der anwesenden Personen blieb allerdings aus. Die Gelben arbeiteten weiter, als würden sie die anderen gar nicht wahrnehmen. Und Herr Müller starrte weiterhin konzentriert zu Jeff herüber.

„Und wie heißt du?", fragte Nick an Jeff gewandt, während Michael ihm beim Aufstehen half.

„Ich bin Jeff.", antwortete dieser und musste sogleich husten, so trocken fühlte sich sein Hals an. „Was ist denn überhaupt passiert?", fragte er Michael. Dieser schien ihm der Gesprächigste und Umgänglichste in der Runde zu sein. Vielleicht erklärte ihm dieser, was hier und mit ihm passiert war. Und, vor allem, warum er so offensichtlich beschattet worden war. Er konnte sich beim besten Willen an nichts mehr erinnern. Außer dass er versucht hatte, sich in einer Lagerhalle einzusperren.

„Du hattest deine erste Verwandlung, Jeff.", klärte Nick ihn an Michaels Stelle auf. In einem so sachlichen Ton, als würde er ihm den Aufbau eines sechszylindrigen Motors erklären. „Das bedeutet, ab heute bist du ein richtiger Werwolf. Einer von uns!", fügte er mit einem verschwörerischen Grinsen hinzu.

Findet denn dieser Werwolf-Blödsinn nie ein Ende, dachte Jeff und starrte ungläubig von Nick zu Michael.

„Genauso habe ich beim ersten Mal auch reagiert.", erinnerte sich Michael. „Ich konnte es einfach nicht glauben. Dachte mir, dass Werwölfe nur Ammenmärchen für Kinder wären oder ein Produkt der Filmindustrie."

„Aber zum Glück haben wir ein wunderbares Programm zur Integration neuer Werwölfe", fügte Nick aufmunternd hinzu.

„Was für ein Programm?" Jeff ließ sich langsam auf einen Stuhl in der Ecke sinken, und Michael reichte ihm einen Flachmann, aus dem es richtig übel roch.

Als Jeff die Nase krauszog, meinte er nur: „An das Zeug musst du dich leider gewöhnen, Mann. Das müssen wir regelmäßig trinken. Sonst ticken wir nämlich jedes Mal so aus wie du gestern

Nacht." Er machte eine große Geste, die die gesamte Lagerhalle mit einschloss.

„So, genug gequasselt, die Damen! Dann lösen wir Ihr gemütliches Kaffeekränzchen an dieser Stelle mal auf." Herrn Müllers herrische Stimme ließ Jeff ein wenig zusammenzucken.

„Wollen wir doch mal die Fakten durchgehen.", Herr Müller stellte sich breitbeinig vor Jeff auf und musterte ihn. „Wir haben also mal wieder einen frisch verwandelten Werwolf, um den sich keiner gekümmert hat und der auch nicht auf seinen Operator von der Werwolf-Hotline hören wollte. Dann wollen wir mal sehen, was du hier für einen Schaden angerichtet hast." Mit diesen Worten drehte er sich zu den beiden Gestalten in den gelben Anzügen um und rief. „Wie sieht's aus?"

„Nur Sachschaden, Boss! Er scheint rechtzeitig eingeschlossen worden zu sein und hat nichts angerichtet, außer hier alles kurz und klein zu schlagen."

„In Ordnung, dann kümmert euch darum, den

Eigentümer der zerstörten Gegenstände ausfindig zu machen, wenn ihr hier fertig seid", wies Herr Müller die Gelben an.

„Klar, Boss! Ist ja jedes Mal der gleiche Ablauf … Als, ob wir das nicht langsam wüssten.", maulte einer der beiden.

Herr Müller brachte ihn mit einem Blick zum Schweigen und wandte sich wieder Jeff zu. „Also gut."

Jeff sah ihn entgeistert an. Rechtzeitig eingeschlossen worden? Alles kurz und klein geschlagen? Sprachen die Gelben etwa von ihm und dem, was letzte Nacht passiert war?

„Was ich Ihnen jetzt erzählen werde, wird Ihnen sicherlich nicht zur Gänze neu erscheinen. Aber auch nicht wirklich bekannt. Also hören Sie mir gut zu."

Jeff schwirrte jetzt schon der Kopf. Am liebsten wäre er aufgesprungen, hätte den Lagerraum und diese seltsamen Menschen hinter sich gelassen und sich zu Hause erst mal ein schönes Gläschen Whiskey genehmigt.

„Keine Sorge, Ihren Drink bekommen Sie noch früh genug. Aber jetzt hören Sie erst mal zu. Wir vermuten, dass Sie in der Nacht zum 9. Mai von einem Werwolf – ich gehe mal davon aus, dass es eine Frau war – gebissen worden sind. Diese hat Ihnen ein Kärtchen mit einer Nummer hinterlassen, bei der Sie dann auch brav angerufen haben. Dieses Kärtchen zu hinterlassen ist übrigens Mindestvorgabe, wenn ein Werwolf jemanden verwandelt hat. Was uns darauf schließen lässt, dass es wahrscheinlich ein Versehen gewesen ist. Wie dem auch sei. Ihr persönlicher Operator hat Ihnen dann, entsprechend unseres Protokolls erklärt, dass Sie nun die schmerzliche Phase der ersten Verwandlung durchmachen müssen und dass es in dieser Phase unabdingbar ist, dass sie Sie begleitet. Aber wie mir scheint, ist es Ihrem Operator nicht gelungen zu Ihnen durchzudringen. Sonst hätten wir uns hier jetzt nicht alle in dieser gemütlichen Halle versammelt. Aber zumindest schien ihr Operator die Weitsicht gehabt zu haben, diese beiden Spezialisten hier hinter Ihnen herzuschicken." Herr Müller machte eine wegwerfende Handbewegung in Richtung Michael und Nick und musterte Jeff schließlich eingehend. „Haben Sie bisher Fragen?"

„Was bitte ist ein Operator und von welchem Programm sprechen Sie eigentlich?"

„Operator sind persönliche Ansprechpartner für Werwölfe von unserem Werwolf-Eingliederungsprogramm. Sie sollen unsere neuen Werwölfe während ihres ersten sechs bis zwölf Monate als Werwolf begleiten und sie mit ihrem neuen Leben vertraut machen. Die Herren, wären Sie bitte so freundlich und würden Sie mir verraten, wer der Operator, von unserem Neu-Wolf hier ist?" Bei seinen letzten Worten hatte sich Herr Müller zu Michael und Nick umgedreht und blickte diese fragend an. Eine seiner Augenbrauen hatte sich dabei gewaltig nah in Richtung seines Haaransatzes bewegt.

„Jeff's Operator ist Dina MacDougal, Herr Müller.", und an Jeff gewandt fuhr Michael fort,

„o Mann, Alter! Dina. Du bist ein echter Glückspilz!" Anerkennend klopfte er ihm auf die Schulter. Doch ein kurzer Blick von Herrn Müller reichte aus, um ihn zum Schweigen zu bringen.

„Wie dem auch sei. Sie haben nicht auf Ihren Operator gehört und haben sich auch nicht mit ihr treffen wollen, damit sie Ihnen alles in Ruhe erklären kann. Und nun, Junge, müssen Sie sich unserem Tribunal stellen."

Michael und Nick nickten dienstbeflissen.

„Das stimmt, Jeff. Du kannst nicht einfach wie ein tollwütiger Hund durch die Gegend laufen. Ein Glück nur, dass Michael und ich dir gefolgt sind. Wie alle Kreaturen müssen auch wir Werwölfe uns an gewisse Regeln halten. Sonst kommen uns die Menschen noch irgendwann auf die Schliche und dann ist es aus mit der Ruhe.", sagte Nick bedeutungsschwanger.

„So ist es!", schloss Herr Müller. „Daher sehen wir uns,", er warf einen kurzen Blick auf seine Uhr, „in zwei Stunden vor dem Tribunal der Werwölfe wieder. Diese beiden Spezialisten hier begleiten Sie in der Zwischenzeit nach Hause, damit Sie sich frischmachen können. Haben Sie mich verstanden?"

Jeff nickte kleinlaut und ließ sich von Michael und Nick aufhelfen.

Die beiden verfrachteten ihn sogleich in ein Taxi, das schon vor der Tür wartete, und brachten ihn in seine Wohnung.

Kapitel 3

Auf die Minute genau zwei Stunden später fand sich Jeff in einer Art Konferenzraum wieder. Dieser Raum lag im obersten Stockwerk eines dieser schicken backsteinernen Bürogebäude in der Hamburger HafenCity. Oder besser gesagt am Rande der Speicherstadt. Als Seefahrer liebte Jeff den Flair des ehemaligen Freihafens der Hansestadt. Mit ihren vielen kleinen Kanälen und den als Speichern bezeichneten, alten Lagerhauskomplexen.

Von dort, wo er stand, konnte er durch die bodentiefen Fenster weitere solcher modernisierten Klötze sehen. Den Kanal, der sich in der Speicherstadt auf einer Seite eines jeden Speichers entlangzog, dafür nur erahnen.

Wenn ihn seine Orientierung nicht ganz im Stich gelassen hatte, müsste das träge vor sich hinfließende Gewässer unter ihnen der sogenannte Brookfleet sein.

Aber Hamburg durchflossen so viele Kanäle

und andere kleinere Wasserstraßen, dass man schon mal den Überblick verlieren konnte. Und genau das liebte Jeff an dieser Stadt so: Egal, wo man war, man hatte immer den Geruch des Wassers in der Nase zu haben. Hamburg war definitiv keine Stadt für wasserscheue Wesen. Zum Glück war er nicht in eine große Katze verwandelt worden.

Bei diesem Gedanken musste Jeff unwillkürlich grinsen. Schnell versuchte er, es wieder hinter einem ausdruckslosen Gesichtsausdruck zu verbergen, denn gerade hier in diesem Raum fühlte er sich so beobachtet wie noch nie.

Um ihn herum saßen und standen eine ganze Menge wahnsinnig wichtig wirkende Menschen, die er nicht kannte. Griesgrämig dreinblickende, ältere Herren, die aussahen, als hätte man sie direkt vom Golfplatz hierherbestellt. Damen im feinsten Sonntagszwirn. Aber auch das eine oder andere jüngere Gesicht.

Mitten unter ihnen tummelten sich die beiden,

die Jeff am Vormittag in der Lagerhalle kennengelernt und die ihn in den letzten Stunden begleitet hatten. Wie hießen sie gleich noch? Michael und Anton? Ah, nein, Michael und Nick.

Vielleicht sollte er sich einfach unauffällig zu ihnen, gesellen, um sie ein bisschen auszufragen. Jeff hatte nämlich nicht die geringste Ahnung, was ihn bei diesem Tribunal erwartete. Seit sie vor dem Lagerhaus am Hafen in das Taxi gestiegen waren, waren die beiden erstaunlich schweigsam gewesen. Das Einzige, was er aus ihnen rausbekommen hatte, war, dass es sich bei dem Werwolf-Tribunal um eine Art Gericht handelte. Bei diesem wurden Fälle behandelt, die die gesamte Werwolf-Gemeinde angingen. Und per Mehrheitsentscheidung Urteile gefällt.

Er wollte sich gerade in Richtung der beiden bewegen, da flog die Tür zum Konferenzraum auf und ein großer, stämmiger Mann kam herein. Langsam arbeitete er sich durch den Raum zur Stirnseite des Tisches vor. Schüttelte hier eine Hand und klopfte dort auf eine Schulter.

Am Ziel angekommen, setzte er sich auf den größten der Stühle, die um den Tisch herumstanden, und sah sich suchend um. Als wäre das das Zeichen gewesen, auf das die Anwesenden gewartet hatten, suchte sich jeder einen Stuhl und setzte sich ebenfalls. Da fasste Michael Jeff am Arm und zeigte auf einen der Stühle. Dieser setzte sich, und Michael nahm auf dem Stuhl direkt neben ihm Platz.

Flüchtig streifte ihn der suchende Blick des *Bosses*, wie Jeff in Gedanken beschlossen hatte, den Neuankömmling zu nennen - wanderte jedoch sogleich weiter. Für Jeff hatte dieser kleine Augenblick allerdings ausgereicht. Ihm stellten sich sogleich alle Haare im Nacken auf. Wer auch immer dieser Mann war, gut Kirschenessen schien mit ihm jedenfalls nicht zu sein.

Schließlich lehnte sich der Mann zu seinem Tischnachbarn und raunte diesem etwas ins Ohr. Der andere schüttelte jedoch nur den Kopf und zuckte mit den Schultern.

Resigniert griff der *Boss* zu einem dieser kleinen Hämmerchen, wie sie auch in Auktionen benutzt wurden – oder bei Gericht, schoss es Jeff durch den Kopf –, und klopfte damit auf den Tisch.

Schlagartig kehrte Ruhe im Raum ein. Stühlerücken und Gemurmel wurden eingestellt, und alle Blicke wandten sich nach vorne. Der Mann faltete die Hände zusammen und legte sie vor sich auf dem Tisch ab.

„Liebe Brüder, liebe Schwestern!" Der satte Bass erfüllte mühelos auch die letzten Ecken des Raumes auszufüllen und strömte zugleich eine Mischung aus Autorität und Großväterlichkeit aus. *Wie bei einem Leitwolf*, schoss es Jeff durch den Kopf.

„Wir haben uns heute an diesem Sonntag hier eingefunden, um über einen dringenden Fall zu entscheiden. Wieder wurde ein frisch verwandelter Werwolf von seinem Verwandler im Stich und auf die Menschheit losgelassen." Mit diesen Worten zeigte er auf Jeff.

Dieser wollte sogleich protestieren, dass er keinesfalls auf die Menschheit losgelassen worden war. Aber eine knappe Handbewegung des Redners aber zeigte ihm, dass Widerrede gerade alles andere als erwünscht war.

„Daher sind wir nun wieder mal zusammengekommen, um einen jungen Werwolf auf den rechten Weg zu bringen. Denn schon ein unkontrollierter Werwolf ist eine Gefahr für unsere ganze Spezies." Er warf einen Blick in seine Akten und sah dann Jeff direkt an. „Jeff Mayer. Mein Name ist Wolf MacDoungal. Ich habe heute hier den Vorsitz und werde Ihnen im Folgenden einige Fragen stellen." Ein weiterer Blick in seine Akten. „Sie wurden in der Nacht zum Samstag, dem 9. Mai von einem Werwolf verwandelt und haben beim Aufwachen solch eine Karte vorgefunden. Ist das korrekt?" Er hob ein kleines Kärtchen, ähnlich dem, das Jeff gut zwei Wochen zuvor auf seinem Kissen gefunden hatte, hoch.

„Ja, so eine Karte habe ich gefunden. Aber das

mit der Verw-"

Wolf MacDougal hob kurz die Hand und brachte ihn somit erneut zum Schweigen. „Auch Sie dürften mittlerweile zu dem Schluss gekommen sein, dass an Ihrer Verwandlung in einen Werwolf nicht der geringste Zweifel bestehen kann." Er sah ihn scharf an und fuhr schließlich fort. „Als Nächstes haben Sie Kontakt mit unserer Werwolf-Hotline aufgenommen. Ist das korrekt?"

Wider Willen musste Jeff kurz schmunzeln. Das Ganze kam ihm immer noch vor wie in einer dieser Reality TV-Sendungen vor. Das Grinsen verging ihm aber sogleich wieder, als er den Blick des Vorsitzenden sah. So nickte er nur stumm.

In diesem Moment wurde die Tür ein weiteres Mal schwungvoll aufgestoßen. Hereingeeilt kam eine junge Frau mit einer wallenden Lockenmähne. Jeff fiel bei Ihrem Anblick fast die Kinnlade herunter.

Die Frau trug eine enganliegende Jeans, Sneaker und ein schlichtes, weißes Shirt mit einer

Lederjacke darüber. Die rotbraune Mähne, die ihr locker bis zu den Schulterblättern reichte, rahmte ihr feines Gesicht ein, in dem sich hektische rote Flecken gebildet hatten. Trotz ihrer chaotischen Aura, die sie mit jeder Faser ihres Körpers ausstrahlte, war die junge Frau einfach nur umwerfend.

Sie war wunderschön und strömte so viel Energie und zugleich auch etwas Magisches aus, wie Jeff es noch nie bei einer Frau erlebt hatte.

Nick, der Jeff gegenüber saß und seine Reaktion auf den Neuankömmling beobachtet haben musste, grinste ihn wissend an und zwinkerte verschwörerisch.

„Bitte entschuldige, Papa!", rief die junge Frau dem Vorsitzenden zu, während sie sich auf den letzten freien Stuhl in seiner Nähe fallen ließ.

Papa?, hallte es in Jeffs Kopf verständnislos wider.

„Ich habe einfach meine dummen Autoschlüssel nicht finden können. Du warst ja auch schon weg, daher bin ich dann mit dem Taxi

gefahren. Und das hat leider ewig gedauert.",
brachte sie nach Atem ringend hervor. Mit einer
ungeduldigen Handbewegung brachte ‚Papa',
alias Wolf MacDougal sie ebenfalls zum
Schweigen.

„Du kommst gerade noch rechtzeitig, Dina.",
brummte er kurz angebunden und fuhr an Jeff
gewandt fort. „Herr Mayer, Sie haben nun also
Kontakt zur Werwolf-Hotline aufgenommen und
sind einem persönlichen Operator zugeteilt
worden." Mit diesen Worten zeigte er auf Dina.

In Jeffs Kopf begann es, zu rattern. Diese
Amazone sollte seine Betreuerin sein?

„Allerdings wollten Sie sich nicht davon
überzeugen lassen, das Programm durchzuziehen.
So sind sie weder zum ersten Treffen erschienen,
noch wollten Sie ihrem Operator zuhören. Ist das
korrekt?", erläuterte Vorsitzender MacDougal.

Da Jeff ahnte, dass auch auf diese Frage
eigentlich keine Antwort erwartet wurde, nickte
er lediglich nochmal. *Wenn ich gewusst hätte, wie
heiß mein Operator ist, hätte ich mich sicherlich*

gern mit ihr getroffen, dachte er. Er hütete sich aber, dem großen Wolf das mitzuteilen.

MacDougal wandte sich sogleich wieder an seine Tochter und fragte. „Möchtest du dem gern noch etwas hinzufügen, Dina?"

Dina bejahte, sortierte raschelnd die vor ihr liegenden Blätter, räusperte sich und erhob das Wort. „Papa … ähm, Vorsitzender. Herr Mayer war recht aufgebracht gewesen, als er vor zwei Wochen das erste Mal bei uns angerufen hat. Er hatte bereits Viola von der Anrufannahme ziemlich aus dem Konzept gebracht. Bei mir hat er dann erst mal aufgelegt, als ich ihm gerade erklären wollte, was los war." Sie warf Jeff einen flüchtigen Blick zu.

Diese Stimme, dachte Jeff. Es war die gleiche Stimme, die seit einigen Tagen durch seine Träume geisterte.

„Alles in allem erweckte er bei mir den Eindruck, als wäre er der Meinung, er brauche keinerlei Hilfe. Zudem hat er wohl am Anfang alles für ein Ammenmärchen gehalten … nun, nach gestern Nacht, muss er sich aber wohl selbst eingestehen, dass er sich geirrt hat. Unserem Protokoll folgend, habe ich Michael und Nick beauftragt, ihm im Auge zu behalten. Sicher ist sicher!" Sie sah Jeff direkt an. Mitleidig, wie er im ersten Moment dachte, bei genauerem Hinsehen meinte er allerdings, einen Anflug von Trotz in ihrem Blick zu erkennen.

Es war nur ein kurzes Glitzern. Aber Jeff war es, als würde sie die Herausforderung suchen, die er ganz offensichtlich für sie darstellte. Verwundert hielt er für einen Moment ihrem Blick stand und sah direkt in ihre grünen Augen. Sie waren von einem dunklen, funkelndem Grün. Wie das Meer.

Da räusperte sich auch schon der Vorsitzende, schlug abermals mit seinem Hämmerchen auf den Tisch und blickte in die Runde. „Da laut Herrn Müller in der Lagerhalle, in der sich Herr Mayer gestern verwandelt hat, kein größerer Schaden entstanden ist, würde ich Folgendes vorschlagen: Eure Zustimmung vorausgesetzt, würde ich Herrn

Mayer in Dinas Obhut belassen. Er hat ab sofort die vom Programm vorgesehenen Treffen mit ihr einzuhalten. Hierfür bitte ich kurz um euer Handzeichen."

Zustimmendes Gemurmel – aber auch etwas missmutiges Gebrummel aus der Runde. Dennoch hob der überwiegende Teil der Anwesenden eine Hand.

Jeff wurde langsam wieder etwas unwohl in seiner Haut. Was hatte das denn nun zu bedeuten?

„Gut! Dann sei es so", schloss der Vorsitzende. „Herr Mayer. Wir verpflichten Sie dazu, das Programm zur Eingliederung neuer Werwölfe wieder aufzunehmen. Dina wird Sie das kommenden sechs bis zwölf Monate begleiten und Ihnen zeigen, wie und nach welchen Regeln wir leben, um möglichst nicht aufzufallen. Zudem werden Sie sich immer vor Ihren Verwandlungen mit ihr Treffen und sich gemeinsam auf Ihre Verwandlung vorbereiten. Sie werden lernen, den Wolf in sich so weit unter Kontrolle zu bringen, dass Sie den normalen Menschen nicht auffallen.

Denn schon *ein* unkontrollierter Wolf kann unsere ganze Spezies auffliegen lassen." Bei diesen Worten sah er ihn eindringlich an. „Sollten Sie aus dem Programm ausbrechen wollen, werden Sie ganz schnell merken, wie wir mit ungehorsamen Wölfen verfahren. Haben Sie mich verstanden?"

Jeff bejahte, und MacDougal fuhr fort. „Sehr schön! Nachdem Sie das erste Treffen ja haben ausfallen lassen, verfüge ich nun, dass dieses am morgigen Montag nachgeholt wird. Seien Sie pünktlich um neun Uhr hier. Dann wird Dina Ihnen die Grundlagen des Werwolflebens erläutern." Er schlug erneut mit seinem Hämmerchen auf den Tisch und fügte hinzu:

„Und nun gehen Sie am besten nach Hause und schlafen Sie. Die ersten Verwandlungen sind immer sehr kräftezehrend."

Kapitel 4

Am darauffolgenden Tag saß Jeff, wie ihm geheißen, wieder in diesem Konferenzraum. Geduldig wartete er auf Dina. Vor dem geöffneten Fenster brach die Maisonne gerade durch eine graue Wolkenschicht. Entfernte Motorengeräusche, Gesprächsfetzen sowie der gelegentliche Schrei einer Möwe drangen zu ihm herein an den überdimensionierten Konferenztisch.

Jeff wollte gerade aufstehen und einen sehnsüchtigen Blick nach draußen werfen, als sich die Tür des Konferenzraums öffnete. Herein kam Dina MacDougal. Mit hektischen Flecken auf ihrem hübschen Gesicht, die genauso zu ihr zu gehören schienen wie die niedlichen Sommersprossen auf ihrer Nase. Letztere waren ihm gestern noch gar nicht aufgefallen. Zudem war sie schwer beladen mit Tüten und Taschen.

Hinter ihr her trippelte die sexy Empfangsdame, die Jeff vor einigen Minuten hergebracht hatte, zur Tür herein. Die Empfangsdame – Linda, wie auf ihrem Namensschild zu lesen war – stellte ein großes Tablett an der Stirnseite des Tisches ab und lud eine dampfende Kanne, Milch, Zucker sowie ein Schälchen mit Trockenobst ab.

„Bedienen Sie sich ruhig, Herr Mayer", meinte sie und warf Jeff dabei ein gewinnendes Lächeln zu. Dann verschwand sie stöckelnd wieder aus dem Raum. Zurück blieben Jeff und sein persönlicher Operator, Dina.

Doch diese würdigte ihn erst mal nur eines einzigen flüchtigen Blickes und hatte nur ein kurzes „Guten Morgen!", für ihn übrig. Konzentriert packte sie ihre Taschen aus und verteilte allerlei Gegenstände vor sich auf dem Tisch.

Nach einem weiteren prüfenden Blick auf die Dinge, die Dina aus ihren Tüten und Taschen zauberte, stand Jeff auf und goss sich in aller Seelenruhe eine Tasse Kaffee ein. Erst als er aufblickte, stellte er fest, dass Dina fertig ausgepackt hatte und ihn nun ihrerseits beobachtete. Den Gesichtsausdruck, den sie dabei hatte, kannte er nur zu gut. Schließlich hatte er zwei Schwestern. Seine ältere Schwester Emma blickte die wenigen Frauen, die er doch mal gewagt hatte, zu einem gemeinsamen Familienessen mitzubringen, immer so an. Als würde sie sie in ihren Gedanken zerlegen und ihre Einzelteile analysieren. Welche Absichten hatten sie? Gaben sie vielleicht tatsächlich Schwägerinnen-Material her? Oder waren sie nur auf ein bisschen Spaß aus?

Meistens war Letzteres der Fall gewesen. Vor allem von Seiten von Jeff selbst. Daher hatte er es irgendwann aufgegeben, seine Eroberungen, die länger als drei Dates hielten, seiner Familie vorzustellen. Wegen diesem Blick – und auch wegen den Fragen, die folgten, wenn er sie nicht mehr mitbrachte.

Dina sah ihn nun genauso an. Als wollte sie herausfinden, wie viel Ärger von ihm zu erwarten war. Würde er nach der Standpauke vom Vortag nun mitspielen? Oder würde er sich weiterhin querstellen?

Um seinen guten Willen zu zeigen, entschloss er sich zu einem Friedensangebot. „Möchtest du vielleicht auch eine Tasse?"

Auf Dinas Gesicht erschien ein gequältes Lächeln. „Nein danke. Ich habe heute eh schon viel zu viel Kaffee getrunken … Dann kann ich am Abend gar nicht mehr schlafen. Bis dahin haben wir aber auch noch einiges vor uns." Sie setze sich hinter den Berg an Gegenständen, die sie auf dem großen Konferenztisch ausgebreitet hatte, und sah Jeff erwartungsvoll an.

Wie bezaubernd sie doch aussieht, dachte Jeff, wie sie so voller Eifer zwischen all ihren Bücher und dem anderen Kram am Tisch saß … und nur darauf zu warten schien, ihm etwas beibringen zu dürfen. Jeff grinste sie breit an und nahm ihr direkt gegenüber Platz.

„In dieser Woche werde ich dir die Grundlagen unserer Spezies und unseres Lebens erklären. Wie du mit Sicherheit bereits mitbekommen hast, ist unsere wichtigste Regel, den normalen Menschen auf keinen Fall aufzufallen. Menschen sind in ihrem Denken viel zu engstirnig, als dass sie einen Vorteil in unserer Koexistenz sehen würden." Sie stockte und blickte Jeff mit einem zerknirschten Gesichtsausdruck an.

„Oh, entschuldige, du bist ja bis vor kurzem auch einfach nur ein Mensch gewesen."

Jeff musste feststellen, dass ihn ihre Bemerkung belustigte.

„Tatsache ist es allerdings, dass das Leben für uns um einiges einfacher wäre, wenn wir nicht so geheimniskrämerisch sein müssten. Das dürfte dir in der kurzen Zeit, in der du nun ein Werwolf bist, aber auch schon aufgefallen sein." Sie griff nach einem der Bücher, die vor ihr aufgetürmt lagen, und schob es ihm über den Tisch hinweg zu.

Grundlagen des Werwolflebens – Von Albtraum bis Zwischenmenschliches stand dort in großen Lettern auf dem ledernen Einband.

„Dieses Buch solltest du diese Woche unbedingt lesen. Dort sind die Grundlagen enthalten. Da man aber nicht alles einfach nur aus

Büchern lernen kann, sondern es im wahrsten Sinne des Wortes erfahren muss, werde ich dich in nächster Zeit begleiten. Diese Woche wird sehr intensiv für uns werden. Du musst nämlich nicht nur die Regeln unseres Zusammenlebens lernen, sondern auch noch, was du essen darfst, und vor allem bereits mit den Trainings beginnen. Bis zum nächsten Vollmond musst du nämlich lernen, wie du das Monster in dir bändigen kannst."

Jeff, der gerade gedanklich noch an dem Wort *intensiv* hing, stutzte. „Was meinst du mit, was ich essen darf?"

„Dazu kommen wir gleich. Zunächst möchte ich dich gern bitten, mir zu erzählen, wie du bisher deinen Lebensunterhalt verdient hast."

Sie holte einen Block sowie einen Stift aus ihrer Handtasche und blickte Jeff erneut erwartungsvoll aus ihren großen Augen an.

„Nun, ich arbeite an Bord eines Schiffes." Er räusperte sich. „Ich bin Kapitän eines Frachters, um genau zu sein."

Verwundert stellte er fest, dass Dina ihn nun

entgeistert ansah. „Aber das ist ja schrecklich! Oh, bitte versteh mich nicht falsch... Das ist sicherlich ein spannender Job! Wann musst du denn das nächste Mal wieder an Bord?"

„Kommendes Wochenende ..."

„Das geht auf gar keinen Fall. Es wäre viel zu gefährlich für alle Beteiligten. Vor allem jetzt am Anfang. Wir müssen Dr. Mauser dringend informieren. Er muss dich für zwei Monate oder so krankschreiben.". Sie notierte hastig etwas auf ihrem Block.

Nun war es an Jeff, Dina entgeistert anzustarren. „Das kommt überhaupt nicht infrage! Ich werde definitiv fahren."

Die spinnt doch, dachte Jeff. Er würde auch auf keinen Fall wegen diesem ganzen Werwolf-Mist auf sein Abenteuer auf See verzichten.

„Du wirst ganz sicher erst mal nicht wieder auf See fahren! Und bevor du gleich wieder hochgehst, werde ich dir auch erklären warum." Dina hob beschwichtigend ihre Hände. „Die ersten Verwandlungen im Leben eines

Werwolfs sind eine ziemlich chaotische, zerstörerische und schmerzhafte Angelegenheit. Es dauert immer eine ganze Weile, bis ein neuer Werwolf seine Kräfte soweit unter Kontrolle hat, dass er nicht mehr wild in der Gegend rumrennt und wie Hulk alles kurz und klein schlägt."

Jeff schossen die Bilder vom gestrigen Morgen in den Kopf. Die zerstörte Lagerhalle und all das Chaos, in dem er wieder aufgewacht war.

„Allerdings hast du ein großes Glück, erst im einundzwanzigsten Jahrhundert verwandelt worden zu sein. Heutzutage haben wie eine Medizin, die unser wildes Wolfwesen ein bisschen eindämmen kann."

„Im Mittelalter beispielsweise, wurde das Leben für jemanden, der in einer der wenigen großen Städte lebte und gerade frisch in einen Werwolf verwandelt worden war, auf einen Schlag sehr viel gefährlicher. Und das, obwohl ihm die Gefahren, die ihm durch seine Mitmenschen drohten, nichts anhaben konnten. Hexen und Kreaturen wurden im Mittelalter nämlich brutal verfolgt und getötet." Bei diesen Worten kramte Dina erneut in einer der Taschen, die neben ihr auf dem Tisch lagen, und zog ein kleines Fläschchen hervor. Sie schüttelte es, beugte es prüfend und reichte es Jeff. „Das sollte für die ersten beiden Monate ausreichen. Träufle jeweils fünf Tropfen davon auf dein Frühstück oder in den Kaffee, oder was auch immer du am Morgen zu dir nimmst. Wichtig ist nur, dass du es täglich nimmst. Und ich würde dir empfehlen, es zu etwas einzunehmen, das bereits einen starken Eigengeschmack hat. Das hilft erheblich bei der Einnahme." Bei ihren letzten Worten zwinkerte sie Jeff verschwörerisch zu.

Jeff aber musterte skeptisch die moosgrüne Flüssigkeit, öffnete das Fläschchen und roch vorsichtig daran.

„Boa, das ist ja vielleicht ekelhaft … So ein Zeug hat mir Nick schon in der Lagerhalle gegeben gehabt. Wie soll ich denn das runterkriegen?!"

Er zog dabei so eine Fratze, dass Dina lachen

musste. Es war ein schönes, fröhliches und ehrliches Lachen, wie Jeff auffiel. Nicht so ein Gekünsteltes wie bei den Mädels, die er gelegentlich in einem Club aufgabelte.

„Aus diesem Grund würde ich dir ja auch empfehlen, es mit etwas zu mischen, das schon einen starken Eigengeschmack hat." Sie deutete auf Jeffs Tasse.

Jeff blickte in die braune Brühe und warf anschließend Dina einen skeptischen Blick zu. Diese nickte nochmals in Richtung des Kaffees.

Mit einem resignierten Seufzer versenkte Jeff nun fünf Tropfen dieser widerlichen Flüssigkeit in seinem guten Kaffee – und trank ihn. Wobei er eine weitere grausige Grimasse zog und Dina damit erneut zum Lachen brachte.

„Dieser Trank hat zwei verschiedene Wirkungen. Einerseits unterdrückt er gewissermaßen den Werwolf in dir. Also, die Seiten unseres Seins, die für Menschen gefährlich werden könnten. Und andererseits stärkt er uns. Er hilft uns, beispielsweise nach einer

Verwandlung bei der Regeneration. Am Tag der Verwandlung sowie am Tag danach ist es daher empfehlenswert, mehr davon zu trinken. Wie viel genau für dich die perfekte Menge ist, wirst du im Laufe der Zeit herausfinden. Fange am besten mit einem großen Glas voll an und arbeite dich das nächste Jahr über langsam und schrittweise runter", schloss Dina.

Der Rest des Tages verging für Jeff wie im Flug. Er erfuhr, dass Werwölfe nicht die einzigen Zauberwesen waren, die in seiner Welt lebten. All diese Wesen versteckten sich dort ebenso gut wie Hexen und Zauberer. Hauptsächlich zu ihrem eigenen Schutz, wie Dina ihm erzählte.

„Die meisten Menschen können sich nicht einmal vorstellen, was um sie herum passiert. Oder auch teilweise direkt vor ihrer Nase… denk nur an deine erste Verwandlung!"

Dina schien ganz in ihrem Element zu sein, als sie ihm von Vampiren, Gestaltwandlern, Feen und wie sie noch alle hießen erzählte. Zudem brachte sie ihm die wichtigsten Regeln für das

Zusammenleben der sogenannten Zauberwesen bei.

„Wie lauten die Regeln, Jeff?", fragte sie ihn nun zum Abschluss.

Jeff lehnte sich grinsend zurück und rezitierte wie ein folgsamer Schuljunge. „Erstens, die Kräfte und das wahre Wesen der Zauberwesen dürfen den Menschen auf keinen Fall zu erkennen gegeben werden. Zweitens, Zauberwesen haben sich aus Politik und öffentlichen Ämtern heraus zu halten, Gleiches gilt drittens auch für Polizei, Wehr- und Zivildienst. Viertens, die Zauberwesen lassen sich untereinander in Frieden leben und bekämpfen sich nicht." Sein Lächeln wurde nun so breit, dass man es fast als anzüglich hätte bezeichnen können. „Und schließlich die fünfte und wichtigste Regel von allen: Ehen zwischen Menschen und Zauberwesen sind nicht gestattet. Aber eine Fee dürfte ich demnach schon heiraten, oder?" Er warf Dina einen herausfordernden Blick zu.

„Selbstverständlich!", erwiderte diese trocken.

„Wenn du es lange genug mit einer Fee aushältst, darfst du sie natürlich auch gern heiraten."

Jeff zog die Augenbrauen hoch.

Dina ging aber nicht weiter auf seine unausgesprochene Frage ein, sondern meinte nur. „Ich werde dir in den nächsten Tagen schon noch mehr über die anderen Zauberwesen erzählen, keine Sorge. Und wenn du möchtest, stelle ich dich gerne der einen oder anderen Fee vor." Sie zwinkerte ihm verschwörerisch zu und fing an, ihre Sachen zu packen.

Der erste Tag des Werwolf-Unterrichts schien für Jeff beendet zu sein. Dina verabschiedete sich vor dem Gebäude von ihm und überließ ihn seiner urplötzlich einsetzenden Erschöpfung.

Er winkte sich das erstbeste Taxi heran und ließ sich nach Hause fahren. In seiner Wohnung schlich er schnurstracks in sein Schlafzimmer und war in dem Moment, in dem er sein Bett berührte, eingeschlafen.

***

Am nächsten Tag verließ er kein einziges Mal seine Wohnung.

Die meiste Zeit verbrachte er sowieso schlafend. Dazwischen las er das eine oder andere Kapitel in dem Buch, das Dina ihm gegeben hatte, und bestellte sich eine Pizza. Mit doppelt Käse, sodass dieser an den Seiten nur so herunter tropfte.

Diese behielt er allerdings nicht lange bei sich. Noch während er aß, rumorte sein Magen und im nächsten Moment eilte er bereits ins Bad und erbrach sie in die Toilette. Warum dies so war, fand er dank *Grundlagen des Werwolflebens – Von Albtraum bis Zwischenmenschliches* auch noch heraus.

Dort stand, dass der Magen eines Werwolfs dem Magen eines Raubtieres sehr ähnlich war.

Dies machte sich vor allem in der ersten Phase nach der Verwandlung bemerkbar. Die Anpassungen des Körpers an das neue Leben schlauchten ihn in dieser Phase so sehr, dass ein neuer Werwolf außer Fleisch und etwas gedünstetem Gemüse oder Obst kaum etwas bei sich behalten konnte. Ein wahres Wundermittel für unruhige Neuwolf-Mägen stellte laut diesem Buch Trockenobst dar. Das sollte sich aber nach einigen Monaten wieder einpendeln, versprach das Buch weiter. Sodass er sich dann wieder fast völlig normal würde ernähren können. In Jeffs Fall bedeutete das Pizza, Pasta und Burger. Bis dahin musste er sich wohl oder übel an die Wolfs-Diät halten, wenn er nicht nach jeder Mahlzeit mit dem Kopf über der Toilette enden wollte. So entschied Jeff, sich am kommenden Tag nach seinem Unterricht mit Dina, ein saftiges Steak zu gönnen. Mit diesem Gedanken schlief er ein und erwachte am darauffolgenden Morgen mit schmerzenden Gliedern auf seiner Couch.

Kapitel 5

Nach einer Dusche zog Jeff am nächsten Morgen seine letzte gewaschene Jeans sowie eines seiner schwarzen Polo-Shirts aus dem Schrank an. Dann warf er sich seine Bikerjacke über und machte sich auf den Weg zum Wolf-Office, wie er es nannte. Dort traf er auf Dina. Wie am ersten Tag, als er sie kennen gelernt hatte, strahlte sie nur so vor Energie und Lebensfreude. Anders als am Sonntag, hatte sie heute ein Kleid angezogen. Etwa knielang, schwarz und mit Spitzenbündchen. *Es lässt sie gleich viel mädchenhafter und jugendlicher wirken*, dachte Jeff. Diese Frau würde er garantiert nicht von der Bettkante stoßen. Bisher war sie leider jedoch noch nicht auf seinen Charme angesprungen. *Aber was nicht ist, lässt sich ja vielleicht leicht ändern*, dachte Jeff. So ging er schnurstracks auf sie zu, beugte sich vor und hauchte ihr mit einem „Guten Morgen, schöne Frau", einen leichten Kuss auf die Wange.

Dina wirkte im ersten Moment etwas

überfahren, fing sich aber gleich wieder und zwinkerte ihm zu. „Na, da hat ja jemand seine erste Verwandlung gut weggesteckt, was? Gut so! Gleich steht dir nämlich gleich der nächste Kraftakt bevor. Du hast heute nämlich deine erste Stunde im Simulator."

Auf dem Weg in die Katakomben des Bürogebäudes erklärte sie ihm, dass er am heutigen Mittwoch am Simulator trainieren würde. Und falls nötig, auch am Freitag.

Bei diesen Simulationen würde Jeff mit Situationen konfrontiert werden, die ihn wütend machen und ihm vielleicht sogar ein bisschen Angst einjagen würden. So konnte er unter kontrollierten Bedingungen üben, das Raubtier in sich zu beherrschen.

„Und zwar so oft, bis die simulierte Einrichtung des Raumes, indem du dich verwandelst, keinen einzigen Kratzer mehr abbekommt.", klärte Dina Jeff auf, während sie seine Arme und Beine an dem Stuhl festschnallte, auf dem er saß.

„Bereit?", fragte sie, nachdem sie die letzte Schnalle geschlossen hatte.

„Bereit für was auch immer du mit mir vorhast.", erwiderte Jeff augenzwinkernd.

Kopfschüttelnd verließ sie den Raum. Als sie sich an der Tür nochmal kurz zu ihm umdrehte, sah er, dass sie Mühe hatte, sich ein Lächeln zu verkneifen. *Sie scheint ebenfalls Gefallen an unserem kleinen Spielchen zu finden*, dachte er noch zufrieden, dann versank er auch schon in der ersten Simulation. Weitere folgten, sodass Jeff an diesem Mittwoch viermal in der Simulation mit seinem Werwolf-Ich kämpfen musste.

Bei den ersten Simulationen gewann natürlich noch der Wolf die Oberhand, sodass sich Jeff sich am Vormittag zweimal in einen Werwolf verwandelte.

Gegen Mittag wurden seine Simulationen kurz unterbrochen. Laut Dina sollte er sich von Dr. Mauser einmal komplett durchchecken lassen. Auf seine Frage, ob sie das nicht vielleicht machen könnte, lachte sie nur und schob ihn zum

Zimmer hinaus.

Jeff fuhr mit dem Aufzug hinauf in den dritten Stock, in dem eine Arztpraxis untergebracht war. Dieses Stockwerk lag in dem Teil, der zur allgemeinen Tarnung des Bürokomplexes, für die Öffentlichkeit zugänglich war. Im Erdgeschoss befand sich beispielsweise ein Café, und im zweiten Stock war eine Steuerberatungskanzlei untergebracht. Jeff vermutete jedoch, dass der Steuerberater wohl hauptsächlich von den Werwölfen leben würde, genauso wie der Arzt.

Halt, dachte Jeff, d*as klingt etwas seltsam.* Schließlich saugten Werwölfe nicht einfach irgendwen aus, wie Vampire es taten. Über sich selbst schmunzelnd, dass er sich beim ersten Witz über die Welt der Zauberwesen ertappt hatte, betrat Jeff die Arztpraxis.

Er kam sofort dran. Dr. Mauser schien bereits auf ihn gewartet zu haben und sah genauso aus, wie sich Jeff einen Werwolf-Arzt vorgestellt hatte.

Der Arzt war ein kleiner Mann mit gedrungener Figur und sehr vielen Haaren. Zudem hatte er nicht nur eine für sein Alter recht beachtliche Haarpracht auf dem Kopf. Auch seine Arme, die aus seinem kurzärmeligen Kittel ragten, waren über und über mit dunklen Haaren bedeckt.

Mit einem freundlichen Lächeln schüttelte er Jeff die Hand und bat ihm einen der Stühle neben seinem Schreibtisch an.

„Sie sind unser neuester Neuzugang?"

Jeff nickte.

„Sie haben heute auch schon mit den Simulationen angefangen, oder?",

„Das ist korrekt", erwiderte Jeff. Dr. Mauser nickte zufrieden. „Na, dann wollen wir Sie mal durchchecken", meinte dieser schließlich und griff nach dem Stethoskop.

Dr. Mauser horchte Jeff ab, leuchtete in seine Augen, maß sein Lungenvolumen, überprüfte die Größe seiner Mandeln, nahm Blut ab und stellte dabei so allerlei Fragen über Jeffs Vorgeschichte. Welche Kinderkrankheiten er gehabt hatte, ob er an irgendwelchen chronischen oder erblich bedingten Krankheiten litt, und inwiefern er sportlich aktiv war.

Bei Jeffs Antworten nickte der Doktor jedes Mal zufrieden, bis sie zu der Frage nach Jeffs Arbeitsplatz kamen.

„Oje, einige Wochen am Stück auf See! Gut, dass wir Werwölfe nicht wasserscheu sind, nicht wahr?", witzelte er, wurde aber gleich wieder ernst. „Für einige Wochen auf einem Containerschiff gefangen zu sein, ist jedenfalls nichts für einen neuen Werwolf. So viel steht fest. Ich werde Sie nun erst einmal für die kommenden drei Monate krank schreiben. Pfeiffersches Drüsenfieber oder so etwas … Kommen Sie daher bitte nach ihrer vierten Verwandlung wieder zu mir. Dann werden wir prüfen, ob Sie soweit wieder seetauglich sind. In Ihrem Fall bedeutet das: Ob Sie den Wolf in sich so gut im Griff haben, dass dieser während der Dauer einer Überfahrt nicht die gesamte Belegschaft verwandelt und die Ausstattung des Schiffes zerstört."

„Gibt es denn keine andere Möglichkeit? Habt

ihr Werwölfe keine eigene Reederei? Und ich bräuchte einfach nur den Job zu wechseln?", fragte Jeff hoffnungsvoll.

Dr. Mauser schwieg und sah ihn nachdenklich an. „Nicht, soweit mir bekannt ist", meinte er. „Ich werde mich aber mal umhören. Sprechen Sie doch einfach auch ihren Operator auf dieses Thema an. Vielleicht fällt ihr ja eine adäquate Lösung ein." Gedankenverloren rieb sich der Arzt das Kinn. Schließlich blickte er Jeff streng an. „Für die Zwischenzeit gilt allerdings, was ich bereits gesagt habe: Sie betreten kein Frachtschiff! Haben Sie mich verstanden? Und in drei Monaten sehen wir weiter."

„Also, wenn ich in drei Monaten das Raubtier in mir unter Kontrolle habe, darf ich wieder zurück an Bord meines Schiffes?", wiederholte Jeff.

„Das ist zumindest sehr wahrscheinlich. Daher würde ich Ihnen empfehlen, fleißig zu üben."

Jeff bedankte sich bei Dr. Mauser und verließ dessen Praxis. *Das ist doch ein kleiner*

Hoffnungsschimmer am Horizont, dachte er. Wenn er sich gut anstellte, durfte er bald wieder auf seinen Dampfer. Und wenn er Glück hatte, fand sich ein ganzes Schiff voller Werwölfe, auf dem er als Kapitän anheuern konnte. Er nahm sich vor, Dina gleich bei der nächsten Gelegenheit danach zu fragen.

Motiviert, wie er war, traf er sich noch kurz mit Michael und Nick zum Mittagessen und absolvierte am Nachmittag nochmal ein paar Simulationen.

***

Am Donnerstag hatte er dann wieder frei – zur Regeneration, wie Dina ihm sagte. Diese hatte sein Körper scheinbar auch bitternötig. Jeff schaffte es am Donnerstagvormittag nämlich nur unter enormer Kraftanstrengung vom Bett auf seine große und gemütliche Couch. Dort schlief er, wie er es bereits am Dienstag getan hatte, den Großteil des Tages vor dem Fernseher.

***

Am Freitag absolvierte er seine beiden letzten Simulationen für diese Woche. Mittlerweile stellte er sich schon recht gut an.

Am Ende schaffte er es sogar, die Bestie in sich einigermaßen zu kontrollieren und die Gurte, die seine Hände auf den Armlehnen hielten, nicht mehr aus den Verankerungen zu reißen. Allerdings nur unter Einsatz all seiner Willensanstrengung, das musste Jeff schon zugeben.

Nach der Simulation klopfte Dina Jeff lächelnd auf die Schulter und meinte. „Das war schon mal ein sehr guter Anfang, Jeff. Noch ein paar Wochen hartes Training, und du bist gerüstet für deine nächste Verwandlung." Als Jeff sie halb verzweifelt anblickte, fügte sie schnell hinzu: „Oh, aber natürlich nicht mehr heute! Sechs simulierte Verwandlungen innerhalb weniger Tage reichen völlig aus, um deinen Organismus komplett aus der Bahn zu werfen. Du ruhst dich nun erst einmal ein paar Tage aus, und am Dienstag treffen wir uns hier wieder." Sie klopfte ihm erneut auf die Schulter und war schon auf halbem Weg in Richtung Tür, als sie sich noch mal zu ihm umdrehte. „Du hältst dich übrigens großartig. Vor allem, wenn man bedenkt, dass das alles ja eigentlich gar nicht wirklich existiert." Sie machte eine ausladende Bewegung mit den Armen, die die gesamte Welt einzuschließen schien.

„Apropos nicht wirklich existieren.", meinte Jeff. „Sag mal, gibt's denn eigentlich kein Schiff, bei dem die Besatzung aus Werwölfen besteht? Mir fehlen das Salz und die frische Luft." Auch wenn er in seinen Wochen an Land normalerweise nicht viel unternahm und sich größtenteils erholte, fehlte ihm doch mittlerweile die Weite des Meeres. So lange wie im Moment war er schon jahrelang nicht mehr an Land gewesen.

Dina legte die Stirn in Falten und verzog

nachdenklich den Mund. „Hm, nicht, dass ich wüsste … Das muss aber nichts heißen. Ich kann mich ja gern mal umhören. Dir fehlt das wirklich sehr, oder?"

Jeff hatte bei ihren letzten Worten zu ihr aufgeschlossen und stand nun direkt vor ihr. So nah, dass er ihr Parfum riechen konnte.

„Du riechst zwar auch ziemlich gut. Aber für einen alten Seebären wie mich gibt's nun mal nichts Besseres, als eine salzige Briese von früh bis spät.", meinte er und zwinkerte ihr kurz zu.

„Ich werde sehen, was ich machen kann.", erwiderte Dina. „Und in der Zwischenzeit, musst du wohl einfach mit mir vorliebnehmen." Mit einem Augenzwinkern war sie zur Tür raus.

Jeff blieb kopfschüttelnd zurück und erschrak fast, als die Tür zum Kontrollraum erneut aufgerissen wurde und das Bild von Dinas sinnlichen Lippen, das sich gerade vor seinem geistigen Auge gebildet hatte, wie eine Luftblase zerplatze. Zudem wäre ihm die Tür fast gegen die Stirn gestoßen, hätte er nicht im letzten Moment einen Satz zurückgemacht.

Hereinkamen Michael und Nick.

„Ganz großes Kino, Alter! Bald bist du auch als Werwolf im einundzwanzigsten Jahrhundert angekommen.", feixte Michael und klopfte Jeff auf die Schulter.

„Ich finde, das sollten wir feiern!", warf Nick ein.

„Was meinst du, Jeff? Sollen wir dir heute Abend noch eine weitere Lektion über das Leben als Zauberwesen erteilen: Feiern, bis die Cleaner kommen?"

Jeff stöhnte. „Ja, ich glaube, ein kleiner Absacker wäre nach dieser Woche genau das Richtige. Wo wollen wir denn hingehen?"

Michael warf ihm einen verschwörerischen Blick zu. „Lass dich überraschen!", fügte er mit einem grinsend hinzu.

„Sei um zwanzig Uhr fertig! Wir holen dich ab. Erst gehen wir so richtig gut essen und hernach noch in die *Sphinx*."

„Wie ihr befehlt.", meinte Jeff und verließ

schmunzelnd das Labor.

Es schien so, als hätte er nun seit langem Mal wieder so etwas wie Freunde gefunden. *Dieses neue Leben*, entschied er in diesem Moment für sich, *ist es definitiv wert, sich noch etwas genauer anzuschauen.*

Kapitel 6

Pünktlich um zwanzig Uhr klingelte es an Jeffs Wohnungstür. Ein Blick auf das Display der Türspion-Kamera zeigte ihm Nicks Nase in Großaufnahme. Die beiden warteten wohl bereits unten auf ihn.

So schlüpfte Jeff schnell in seine Sneaker, dachte gerade noch daran, seinen Geldbeutel mitzunehmen, und lief, zwei Stufen auf einmal nehmend, ins Erdgeschoss. Im ersten Stock wehte ihm ein sanfter Duft von Curry in die Nase, als er an der Wohnungstür seiner Nachbarn vorbei ging. *Hm, die kochen ja mal wieder lecker*, dachte er noch, als er auf die Straße hinaustrat.

Dort wartete eine schwarze Limousine – und Nick, der ihm ungeduldig die Tür aufhielt.

„Na, komm schon, Alter! Ich bin schon halb verhungert.“

Jeff klappte den Mund zu, den er vor Erstaunen weit aufgerissen hatte, zu und kletterte zu Michael in den Fond der Limousine. Nick folgte ihm und setzte sich den beiden gegenüber in einen übergroßen, ledernen Sessel. Er klopfte an die Trennwand zur Fahrerkabine, und die Limousine setzte sich in Bewegung.

„Wo habt ihr die denn her?!", fragte Jeff und blickte sich verwundert in dem luxuriösen Gefährt um.

Dicke, schwarze Ledersitze, die an Gemütlichkeit locker seiner großen Couch Konkurrenz machen konnten. Ein Dachhimmel so weich, dass er nur aus dem feinsten Leder sein konnte, und neben einer der Türen thronte zu allem Überfluss auch noch eine schicke Minibar.

Nick machte eine wegwerfende Bewegung. „Ach, mein Vater hat einen Limousinen-Service. Und manchmal kommt sogar die eigene Familie in den Genuss, in einer von ihnen chauffiert zu werden." Er griff nach dem Kristallkrug auf der Bar. „Drink?".

Jeff nickte und so schenkte Nick auch ihm etwas von der weißen Flüssigkeit ein, an der er und Michael bereits nippten, und füllte das Glas mit Tonic Water auf.

„Das ist Gin, aus Irland. Kommt aus dem kleinen Küstenörtchen Dingle. Meiner Meinung nach einer der besten der Welt!"

Sie stießen an und genossen schweigend den edlen Tropfen, bis sie nach ein paar viel zu kurzen Minuten wieder hielten. Vor einem Steakhouse, wie Jeff erfreut feststellte, als er aus der Limousine kletterte. Ein saftiges Steak war genau das, was er nach dieser anstrengenden Woche brauchte.

Die drei setzten sich in eine Ecke des im amerikanischen Stil eingerichteten Steakhauses und ließen sich ihre Steaks schmecken. Schön blutig und ohne viel Beilagen-Schnick-Schnack, wie es sich eben für Werwölfe gehörte.

Nach dem Essen – vorbeigehende Frauen hätten es wohl eher als Massaker bezeichnet – folgte Jeff Nick und Michael einmal um den Block zu dem Club, von dem er noch nie etwas gehört hatte. Die ‚Sphinx'.

Bei Tag eine weitere unscheinbare Tür in

einem der Stadthäuser Sankt Paulis – bei Nacht eine Verheißung. Zumindest der exorbitant langen Schlange vor den Türstehern nach zu urteilen.

Jeff wollte sich gerade anstellen, als Michael ihn in den Arm knuffte und an der Schlange vorbeidirigierte. Direkt auf die grimmig dreinblickenden Türsteher zu. Michael begrüßte einen von ihnen per Handschlag.

„Hallo Sasha, na, wie geht's?",

„Alles im grünen Bereich.", antwortete Sasha knapp.

„Meinen Kumpel Nick kennst du ja, oder?"

Der Gorilla nickte.

„Und das?" Nun zeigte Michael auf Jeff. „Das ist Jeff. Unser Neuer."

Jeff war verwirrt. Ein neuer was?

Da verzog sich der grimmige Gesichtsausdruck Sashas auch schon zu einem anzüglichen Lächeln. „Frischfleisch, also! Na, dann wünsche ich euch drei Hübschen einen schönen Abend." Mit diesen Worten öffnete er die Tür und ließ sie eintreten.

Sie gingen durch einen schmalen, dunklen

Gang mit indirekter Beleuchtung sowie einer leichten Steigung. Es schien, als würden Sie in den Untergrund hinabsteigen. Nach einigen Metern öffnete sich zu ihrer Rechten ein Torbogen, hinter dem Jeff eine Garderobe entdeckte. An der Theke lehnte eine gelangweilt dreinblickende Blondine. Als der Gang schließlich in einer Art überdimensionierten Empore mündete, machte Jeff große Augen. Um sie herum flackerte buntes Discolicht, und die Beats des DJs schienen sie fast wieder rückwärts hinaus zu drücken.

Jeff stand mit offenem Mund auf der Empore und starrte nach unten. Im fluoreszierenden Licht tanzten viele Kreaturen wild durcheinander. So viele, dass man meinen könnte, es würde an Zauberei grenzen, sie alle auf so engen Raum zu pressen.

Direkt gegenüber der Empore, befand sich – auf gleicher Höhe mit ihr – das riesiges DJ-Pult. Es hing wie ein Balkon über den Tanzenden.

Die rechte Seite des großen Raumes nahm eine

Bar ein, und die so bunt, glitzernd und kitschig war, wie eine Bar nur sein konnte. Sie war eine bauchige, opulente, lederne Konstruktion, auf der zwei Statuen von Sphinxen standen, die von bunten Spots angestrahlt wurden.

Das Beeindruckendste an ihr war allerdings das Regal voller Flaschen hinter den wild herumwuselnden Barkeepern. Die gesamte Wand hinter ihnen schien nämlich mit einem Mosaik aus kleinen rechteckigen Spiegeln bedeckt zu sein. Aus diesem riesengroßen Spiegel ragten schließlich mehrere Glasböden heraus, die insgesamt mindestens dreihundert Schnapsflaschen trugen. Das reinste Schlaraffenland für einen Alkoholiker.

Der ganze Raum schien ein einziger Widerspruch in sich zu sein. Ein Wettstreit des alten Ägypten mit der Moderne unserer Zeit.

Während Jeff noch so auf der Empore stand und das alles zu verarbeiten versuchte, waren Michael und Nick bereits hinunter an die Bar gegangen. Sichtlich erschlagen von den

Eindrücken, die hier in dieser Bar auf ihn einstürzten, folgte Jeff ihnen.

Nick drückte ihm sogleich ein Bier in die Hand. „Cool hier, oder?"

Jeff nickte nur und trank einen großen Schluck.

„Das sind alles Zauberwesen.", erzählte Michael weiter. „Sie alle sind entweder Werwölfe, Vampire, Feen, Gestaltwandler, Hexen oder Zauberer."

Jeff war baff. Er hatte schon gelesen, dass es recht viele Zauberwesen gab, die ganz unbemerkt von den normalen Menschen unter ihnen lebten. Aber dass es so viele von ihnen gab, faszinierte ihn.

Er musste zugeben, dass ihn sein neues Leben gerade richtig gut gefiel. Alles war so neu und aufregend. Wie bei seinen Reisen auf See.

„Vor den Gestaltwandlern musst du dich in Acht nehmen.", fuhr Michael zu erzählen fort. „Vor den weiblichen, natürlich. Als klassische Schönheiten könnte man wohl die wenigsten von ihnen bezeichnen. Die meisten von ihnen haben aber irgendwas an sich. Und was ihnen fehlt, dass *leihen* sie sich ganz gerne mal aus. Das merkst du dann aber normalerweise erst, wenn du schon in ihrem Bett gelandet bist."

„Die meisten richtig geilen Schnitten hier sind Feen. Aber da kommt es dann erst gar nicht soweit, dass du mit ihr in der Kiste landest.", ergänzte Nick.

„Dina hat Anfang der Woche gemeint, dass ich gerne eine Fee heiraten dürfte, wenn ich wollte", witzelte Jeff.

„Ja, aber sicher!", lachte Michael.

„Warum denn nicht? Verboten scheint es auf jeden Fall nicht zu sein." Jeffs Neugierde war geweckt.

„Na, weil Feen nicht mit Werwölfen schlafen – ganz zu schweigen davon, dass sie einen von uns heiraten würden. Die Mädels lassen ausschließlich diese metrosexuellen, männlichen Feenwesen ran."

Klar, hätte er auch selbst draufkommen können. Jeff schüttelte belustigt den Kopf... männliche

Feen! Da trank er doch lieber erst mal noch einen weiteren Schluck von seinem Bier. „Gestaltwandler aber schon?"

„Oja!", meinte Michael vielsagend, stellte seine leere Flasche auf die Bar und trat auf die Tanzfläche.

Dort tanzte gerade ein Grüppchen junger Frauen ausgelassen miteinander. Ganz der Hahn im Korb, drängte sich Michael keck in ihre Mitte, und augenblicklich begannen die Mädchen zu kichern.

„Und was ist mit Vampiren?", fragte Jeff nun an Nick gewandt.

„Was soll mit uns sein?"

Jeff fuhr herum, zu der Person herum, die seine Frage rauchig und sexy mit einer Gegenfrage beantwortet hatte.

Hinter ihm stand eine bildhübsche Frau. Etwa in seinem Alter, wie Jeff vermutete. Hellblondes, langes Haar rahmte ihr puppenhaftes Gesicht ein, und strahlende blaue Augen, fixierten ihn abschätzig und zugleich neugierig. Sie wirkte so stolz und unberührbar, als wäre sie die Königin von England höchst persönlich. Jeff konnte nicht anders, als sie einfach nur wie ein hypnotisiertes Kaninchen anzustarren.

„Leonora! Darf ich dir meinen Kumpel Jeff vorstellen? Er ist ganz neu in unserem erlauchten Kreis. Bitte verzeih ihm daher seine Neugierde."

Ein versöhnliches Lächeln ließ ihre Züge für einen Moment fast weich erscheinen. Doch gleich darauf blickte sie huldvoll auf Jeff herab und reichte ihm eine extrem blasse und zierliche Hand. Er ergriff sie zögerlich und schüttelte sie. Sie war eiskalt!

„Jeff, das ist Leonora. Einer der ältesten Vampire Hamburgs. Ihr gehört übrigens dieser Club hier." Nick machte eine ausladende Bewegung und beugte sich dann zu Jeff vor.

„Versuch doch dein Glück bei ihr, dann weißt du es." Er zwinkerte ihm zu und verabschiedete sich wie Michael vor ihm auf die Tanzfläche.

Nun fühlte sich Jeff wirklich wie ein Kaninchen in der Falle, bemühte sich aber redlich, es sich nicht anmerken zu lassen. So schenkte er Leonora sein, wie er hoffte, schönstes Lächeln.

„Darf ich dir einen Drink ausgeben, Süßer?", fragte sie ihn mit einer Stimme, die wie Schmirgelpapier über Jeffs Haut strich.

„Gern!", presste er hervor.

Etwas mehr Alkohol konnte nicht schaden.

Leonora bestellte ihm einen giftgrünen Drink. Jeff nahm gleich einen großen Schluck und verschluckte sich dabei fast. Er brannte, wie Feuer. So sehr, dass er Mühe hatte, die Brühe nicht sofort wieder auszuspucken.

„Na, na, nicht so stürmisch. Wäre ja wirklich schade, wenn du den ‚Werwolfkiller' wieder ausspucken würdest. Da kann er ja gar nicht seine wunderbare Wirkung entfalten." Sie legte den Kopf leicht schief und sah Jeff irgendwie erwartungsvoll an. Dieser versuchte einfach nur, genauso lässig an der Bar zu lehnen wie Leonora. Aber wahrscheinlich machte er dabei keine so besonders gute Figur. *Hoffentlich zeigt der starke Schnaps im ‚Werwolfkiller' bald seine Wirkung und entspannt mich etwas*, dachte Jeff. Als Leonora unvermittelt ihre Hand nach ihm ausstreckte und ihm sanft damit über die Wange strich.

„Weißt du, Werwölfe mag ich besonders gern, mein Süßer. Und du bist auch noch so ein ausgesprochen gutaussehendes Exemplar", gurrte sie ihm ins Ohr und berührte es dabei sanft mit den Lippen.

Jeffs Körper reagierte sofort. Jedes noch so kleine Härchen stellte sich auf, und das Raubtier in ihm schien mit einem Mal hellwach zu sein. Seine Hände ballten sich wie von selbst zur Faust, und er musste einen Moment lang all seine Willenskraft aufbringen, um den Wolf in sich in Schach zu halten.

Dieser wäre am liebsten sofort in Angriff übergegangen. Während irgendetwas anderes in ihm schrie, er solle so schnell wie möglich davonlaufen. Damit er nicht unversehens in den Fängen dieser Gottesanbeterin landete.

Leonora, die immer noch so elegant an der Bar

lehnte, als gehöre sie zum Inventar, beobachtete Jeff genau und schien die Reaktionen, die ihre Worte hervorgerufen hatten, regelrecht zu genießen. Jeff wollte gerade sein übrig gebliebenes Gehirnschmalz zusammenkratzen und etwas möglichst Geistreiches erwidern, als sich eine Hand auf sein Bein legte.

Kapitel 7

„Leonora! Danke, dass du meinen Freund unterhalten hast", trällerte Dina da auch schon fröhlich neben ihm. Sie gab ihm einen flüchtigen Kuss auf den Mund, bevor sie ihm „Spiel mit!" ins Ohr raunte.

„Hey, Süße! Da bist du ja.", antwortete Jeff daher.

Etwas lahm, zugegeben.

Auch wenn er dies sicherlich nie laut ausgesprochen hätte, musste er sich insgeheim eingestehen, dass ihn diese beiden Frauen gemeinsam fast ein wenig überforderten. Die eine wollte ihn am liebsten mit Haut und Haaren fressen und die andere ... Na ja, aus der anderen wurde er einfach nicht schlau.

So unnahbar, wie sie sich sonst gab, schmiegte sie sich nun so eng an ihn, dass er die Hitze ihres Körpers förmlich auf seiner Haut spüren konnte. Dem Vamp Leonora hatte sie einen überheblichen Blick zugeworfen. „Wollen wir tanzen gehen,

Liebling?"

Jeff nickte, machte eine angedeutete Verbeugung vor Leonora und folgte Dina auf die Tanzfläche. Froh den Fängen der Vampirin entronnen zu sein.

„Bist du denn lebensmüde?", raunte Dina ihm ins Ohr, während sie sich im Takt der Musik gleich wieder an ihn schmiegte. „Kaum drei Tage ein Werwolf, und schon schmeißt du dich dem gefährlichsten aller Vampire an den Hals. Diese Frau hat die beiden Weltkriege miterlebt."

„Genau genommen, hat sie sich an mich rangeschmissen!", brachte Jeff zu seiner Verteidigung vor.

Dina sah ihn kurz mit hochgezogenen Augenbrauen an, musste dann aber lachen. Es schien ihm wohl deutlich an seinem Gesicht abzulesen zu sein, dass diese Vampirin ihm gehörig zugesetzt hatte.

„Also gut.", meinte sie versöhnlich und beugte sich weiter vor, damit er sie bei dem ganzen Krach um sie herum auch gut verstehen konnte.

Dabei streifte ihr Atem seinen Hals und ließ einen wohligen Schauer über Jeffs Rücken laufen. „Dann erhältst du heute eine weitere Lektion von mir. Wenn dich ein Vampir anbaggert, solltest du schnellstmöglich die Beine in die Hand nehmen und verschwinden. Vor allem wenn er so alt ist wie Leonora. Und vollkommen egal, wie gut er aussieht. Ein romantisches Abenteuer zwischen unseren beiden Spezies endet nämlich meist tödlich für einen der beiden Partner. In Leonoras Fall wäre das ganz eindeutig der Werwolf. Du kannst also von Glück reden, dass ich zufällig da war und dich aus ihren Fängen befreien konnte." Lachend blickte Dina zu ihm auf.

Nicht zum ersten Mal an diesem Abend wunderte er sich insgeheim über sie. Ihr forsches Auftreten vorhin Leonora gegenüber. Und dieser direkte und unverblümte Blick, mit dem sie ihn ansah, verwirrte ihn vollends.

Jetzt erst merkte Jeff, dass der Beat ruhiger geworden war. Sie bewegten sich nur noch langsam tanzend durch die Menge. Auch hielt er immer noch Dinas Hand und irgendwie gefiel ihm das. Ihre Haut schien genauso zu glühen wie seine.

Leonoras Hand war eiskalt gewesen. Als sie sein Gesicht berührt hatte, hatte er diese Kälte auf seiner Wange spüren können.

Doch Dina hatte sich todesmutig für ihn in den Ring geworfen und ihn gerettet. Bei diesem Gedanken musste Jeff schmunzeln. Irgendwie gefiel es ihm, dass sich Dina Gedanken um ihn zu machen schien. Sich vielleicht sogar etwas aus ihm machte.

Welchen Grund konnte es denn sonst haben, dass sie sich immer noch an ihn schmiegte, obwohl Leonora schon gar nicht mehr zu sehen war? Er streckte seine Hand aus, um vorsichtig ihr Kinn anzuheben, damit er ihr direkt in ihre meergrünen Augen schauen konnte. Dina lächelte ihn an und erwiderte seinen innigen Blick.

Da senkte Jeff vorsichtig seinen Mund auf ihren. Dinas Lippen ebenfalls zu glühen. Sie öffneten sich, als er ihr einen ersten sanften Kuss darauf drückte. Er zog sich etwas zurück und blickte Dina nochmals an.

Ihr hübsches Gesicht war seinem so nah, dass er ihren Atem auf seiner Haut spüren konnte. Ihre Augen aber hatte sie geschlossen. Da beugte sich Jeff erneut zu ihr herunter und küsste sie. Fordernder, diesmal. Er saugte an ihren Lippen und drang mit seiner Zunge in ihren Mund ein. Ein Stöhnen entwich ihm, als sich Dina enger an ihn schmiegte. Als sie sich förmlich an ihm zu reiben begann, packte er sie am Hintern und presste sie näher an sich. Was sie mit einem sinnlichen Stöhnen in seinen Mund quittierte, das ihn nur noch schärfer auf sie machte.

Bis er plötzlich neben sich ein lautes „Jeff, was bitteschön geht hier vor?!", hörte.

Erstaunt ließ er von den heißen Lippen, die förmlich an seinen geklebt hatten, ab, und wandte sich zur Seite.

Da stand Dina!!

Aber wie war denn das möglich? Er hatte sie doch gerade noch geküsst. Verwirrt blickte er wieder die Frau an, die er immer noch in den Armen hielt. Er glaubte, seinen Augen nicht mehr trauen zu können. Vor ihm stand eine niedliche Schwarzhaarige und grinste ihn keck an.

„Och, gerade, wo es spannend wurde, hörst du auf.", meinte sie gespielt beleidigt und zog eine Schnute.

In Jeffs Gehirn ratterte es. Er wäre nicht nur fast einer männermordenden Vampir-Dame zum Opfer gefallen, sondern hatte sich scheinbar auch noch von einer Gestaltwandlerin aufs Kreuz legen lassen.

Diese beugte sich nun zu ihm vor und flüsterte ihm ins Ohr. „Hier ist meine Nummer, falls du gern mal an dem Punkt weitermachen möchtest, an dem wir unterbrochen wurden." Dabei steckte sie ihm etwas in die rechte vordere Hosentasche und zwinkerte ihm nochmals zu. Dann war sie auch schon in der tanzenden Menge verschwunden. Im selben Moment, als Michael und Jeff neben ihnen auftauchten.

„Jeff, du Weiberheld.", Nick klopfte ihm

lachend auf die Schulter.

„Hab ich's mir doch gedacht!", schnaubte Dina.

Jeff wagte immer noch nicht, sie anzuschauen. Daher starrte er Michael und Nick an und versuchte, zu verstehen, was das nun wieder zu bedeuten hatte.

„Ihr beiden Spezialisten schleppt Jeff in diesen Club und überlasst ihn Leonora. Da könntet ihr ihn genauso gut gleich auf die Insel bringen."

Nick hob abwehrend die Hände. „Beruhig dich, Leonora hat schon ewig keinen Werwolf mehr getötet."

„Und anscheinend bist du ja zur rechten Zeit aufgetaucht und bist für ihn in die Bresche gesprungen", bemerkte Michael. „Ach, nein, das stimmt ja gar nicht. Das war nämlich Jennifer, die gerne bei unserem kleinen Spaß mitgemacht hat."

Nun viel auch bei Jeff der Groschen. Die beiden hatten die Gestaltwandlerin auf sie angesetzt!

„Das war nicht so lustig, wie ihr meint.", murrte Jeff und sah die beiden grimmig an.

Michael klopfte ihm auf die Schulter, „Na, na, nimm's doch nicht so ernst. Wir wollten dich doch nur ein bisschen auf den Arm nehmen." An Nick gewandt fuhr er fort. „Was meinst du, ist die Limousine schon wieder zurück?"

Nick zückte sein Smartphone, las eine Nachricht, die auf dem Display eingeblendet war, und nickte. „Steht draußen für uns bereit." Damit klopfte er Jeff auf die Schulter und meinte versöhnlich: „Komm schon, Alter. Lass uns Heim fahren."

Jeff brummte zustimmend und drehte sich dann schüchtern zu Dina um. „Sollen wir dich vielleicht auch mitnehmen? Wo wir doch schon mal diese schicke Limousine zur Verfügung haben." Diese blickte ihn kurz forschend mit einem ausdruckslosen Gesicht an, nickte aber schließlich. Und so traten sie gemeinsam nach draußen in die laue Hamburger Nacht.

Um diese Uhrzeit war es nach Jeffs Erfahrung kein leichtes Unterfangen, ein Taxi zu bekommen. Doch überraschenderweise schienen diese vor dem Club regelrecht Schlange zu stehen. In zweiter Reihe entdeckte er die schwarze Limousine, welche die drei Jungs bereits nach Sankt Pauli gebracht hatte.

Bevor Dina einsteigen konnte, hielt Jeff sie kurz am Arm fest und zwang sie so, sich zu ihm umzudrehen.

„Ich habe mich noch gar nicht bei dir bedankt, dass du mich vorhin vor der Gestaltwandlerin gerettet hast", meinte er und versuchte es mit einem gewinnenden Grinsen. „Also, danke!"

Mit einem Ausdruck, den er nicht deuten konnte, blickte sie ihn kurz an. „Für mich sah es in dem Moment eigentlich nicht so aus, als müsstest du gerettet werden. Genau genommen, sah es sogar so aus, als hättest du diesen Moment ziemlich genossen."

„Aber doch nur, weil ich dachte, sie wäre du!"

Eine von Dinas Augenbrauen wanderte gefährlich weit nach oben.

Jeff hob abwehrend die Hände, atmete tief durch und setzte nochmal neu an. „Also, was ich damit sagen wollte, ist, dass ich dich liebend gerne küssen möchte … Daher habe ich einfach die Gelegenheit ergriffen, als sie kam. Ich hatte ja keine Ahnung, dass das nicht du warst."

Als er merkte, dass er es eher schlimmer, als besser gemacht hatte, verstummte er und verlegte sich darauf, Dina eindringlich anzuschauen. Diese erwiderte seinen Blick, sagte aber nichts. Auch aus ihrer Körpersprache konnte er nichts herauslesen.

Schließlich brach sie den Blickkontakt ab und folgte Michael in den Fond der Limousine. *Na, wenigstens habe ich mich heute Abend auf ganzer Linie zum Deppen gemacht*, dachte Jeff, als er den anderen dreien ins Auto folgte.

Nick, der vorne und mit dem Rücken zur Trennscheibe saß, nannte dem Fahrer eine Adresse in Blankenese und die Limousine brauste los.

Dina saß neben Nick und Jeff somit direkt gegenüber. Ihre rechte Hand ruhte auf der Handtasche auf ihrem Schoß, während sie sich mit der anderen auf der gepolsterten Armstütze ihres Sessels abstützte. Sie hatte sich schräg nach vorn gebeugt und unterhielt sich angeregt mit Michael über einen Dave und die Cleaner.

Jeff, der einen Moment lang Dinas schmale, lange Finger betrachtet hatte, riss sich von ihrem Anblick los und wandte seinen Kopf dem Wagenfenster zu. Die Lichter Hamburgs schienen nur so an ihm vorbeizufliegen.

Diese Stadt schlief noch lange nicht. Denn nicht nur auf der Reeperbahn herrschte um diese Uhrzeit Hochbetrieb. Jeff öffnete sein Fenster einen Spaltbreit und schien nun das Leben in der Stadt förmlich riechen zu können. Abermals verwundert über seinen verbesserten Geruchssinn, sog er die Luft tief ein. Die milde und verheißungsvolle Nachtluft von draußen vermischte sich mit etwas Süßlichem.

Dinas Parfum, dachte er. Dina, so quirlig und voller Leben, wie die Stadt, in der er so gerne lebte. Dina, die ihm direkt gegenübersaß und in diesem Moment doch nicht weiter hätte weg sein können. Die Intimität des Augenblicks vorhin im Club, die er mit der falschen Dina aka Jennifer, gefühlt hatte, erschien ihm gerade mehr als unwirklich. Aus irgendeinem Grund hoffte er, Dina würde diesen Abend nicht falsch interpretieren. Aber wenn er ehrlich war, musste er sich eingestehen, dass man diesen Abend nur auf eine Art interpretieren konnte: Er, Jeff, schmiss sich bei der ersten Gelegenheit, die sich ihm bot, an die nächstbeste Gestaltwandlerin ran. Das Einzige, was er zu seiner Verteidigung vorbringen konnte, war, dass dies unter Vorspiegelung falscher Tatsachen geschehen war.

Plötzlich stoppte die Limousine und riss Jeff aus seinen Gedanken. Er stieg aus, um Dina rauszulassen.

Vor dem Auto wusste er nicht, ob er sie zum Abschied umarmen sollte oder nicht. So gab er ihr nach kurzem Zögern einfach nur die Hand und kletterte wieder zurück ins Taxi.

„Mann, Alter! Du kannst dich noch nicht einfach an die Tochter vom Boss ranmachen", fiel

Nick direkt mit der Tür ins Haus, als sich die Limousine wieder in Bewegung setzte.

Jeff hob abwehrend die Hände und beteuerte zum zweiten Mal an diesem Abend seine Unschuld. „Die falsche Dina im Club geht wohl auf eure Kappe! Aber eigentlich muss ich mich ja fast schon dafür bei euch bedanken, Jungs. Leonora hätte mich sonst bestimmt noch bei lebendigem Leib leer gesaugt, so wie die mich angesehen hat."

„Keine fünf Minuten ein Werwolf, und schon laufen ihm die Weiber scharenweise nach. Nicht schlecht, Mann", meinte Michael lachend und warf ihm einen einigermaßen anerkennenden Blick zu. Dann wurde er gleich wieder ernst und fügte hinzu. „Sie hat's dir so richtig angetan, oder? Die echte Dina", meine ich."

Jeff wollte schon verneinen. Er war doch derjenige, in den sich die Frauen verguckten und nicht umgekehrt. In diesem Fall allerdings, sah die Wahrheit allerdings doch etwas anders aus.

„Schlag sie dir am besten gleich wieder aus

dem Kopf.", mischte sich Nick in die Unterhaltung ein. „Die spielt in einer ganz anderen Liga, Frischling."

Den Rest des Weges verbrachten sie mit Geplauder über Leonora. Jeff erfuhr, dass Dina, was die Gefährlichkeit dieses Vampirs anging, keinesfalls übertrieben hatte. Ihre Liebhaber hatte sie früher tatsächlich ganz gern mal recht blutarm zurückgelassen.

„Von der solltest du am besten auch deine Finger lassen, wenn dir dein Leben lieb ist", witzelte Michael, als die Limousine vor Jeffs Wohnung hielt.

Jeff verabschiedete sich von seinen neuen besten Kumpels und stieg langsam die Treppen zu seiner Wohnung hinauf. Im Treppenhaus lag ein dünner Hauch eines scharfen Putzmittels in der Luft – fast wurde er von der Currynote überdeckt, die er beim Verlassen des Hauses gerochen hatte. Jeff überlegte kurz, ob der Hausmeister wohl am Nachmittag da gewesen war. Aber der kam doch sonst immer schon mittwochs.

In seiner Wohnung abgekommen, schlüpfte er bereits auf dem Weg ins Bad aus seinen Sachen und trat in die Dusche. Dort stand er dann eine gefühlte Ewigkeit und ließ sich einfach nur das kalte Wasser über den Körper laufen. Seine Haut dampfte.

Er schloss die Augen und dachte kurz wieder daran, wie sich Dinas Körper an seinem angefühlt hatte. Jedoch schalt er sich gleich dafür, da der Moment so falsch gewesen war, wie diese falsche Dina, Jennifer.

Dann schaltete er das Wasser ab, rubbelte sich notdürftig trocken und schlüpfte, nackt wie er war, in sein kühles Bett.

Kapitel 8

Am nächsten Morgen wachte Jeff schweißgebadet auf. Er hatte die halbe Nacht damit verbracht, Leonora zu entkommen. Diese hatte ihm laufend Fallen gestellt oder war urplötzlich hinter einem Baum hervorgekommen. Er hatte versucht durch einen großen, wenig vertrauenerweckenden Wald, zu entkommen. Schließlich war er auf seiner Flucht von einer Klippe gefallen und war schwer atmend in seinem Bett gelandet.

Seine Finger in die Laken gekrallt, saß er einige Minuten lang an sein schweißnasses Kopfkissen gelehnt da und versuchte, Atmung und Herzschlag wieder zu beruhigen. Er atmete einige Male tief ein und redete sich selbst gut zu, dass alles nur ein dummer Alptraum gewesen war.

Als sein Herz schließlich wieder in einer normalen Geschwindigkeit schlug, rutschte Jeff etwas nach unten und ließ sich wieder zurück auf die Kissen sinken.

Statt Leonoras angsteinflößendem Gesicht erschien nun plötzlich ein anderes vor seinem geistigen Auge. Ein rundes Gesicht mit großen, grünen Augen, die ihn freundlich ansahen. Dinas Augen!

Wirklich anziehend an ihr fand Jeff neben ihren strahlenden Augen ihren großen Schmollmund. Rosa, samtig und wunderbar verheißungsvoll. Leicht geöffnet, wie er in Jeffs Vorstellung war, sog er ihn förmlich an.

Jeff gab sich kurz diesem Tagtraum hin und erinnerte sich unweigerlich an den Kuss vom Vorabend. Auch wenn es nicht Dina, sondern Jennifer geküsst hatte, so war dieser Kuss für ihn trotzdem voller Leidenschaft gewesen. Denn für ihn war es ja schließlich Dina gewesen, die er da geküsst hatte. Und sie hatte ihn völlig in Brand gesetzt.

‚Schlag sie dir aus dem Kopf', ertönte Nicks Stimme in seinem Kopf, die ihn davor warnte, sich mit Dina einzulassen. An ihr würde er sich nur die Finger verbrennen, darüber waren sich die

Jungs einig. Gehörte sie doch zur Werwolf-Elite und war somit Teil der Werwolf-High-Society.

Ihre Familie war eine der ältesten Werwolf-Familien Europas. Sie stammte ursprünglich aus Irland. Der heimlichen Heimat der Werwölfe, wie Jeff mittlerweile gelernt hatte. In Irland, dem Land gälischer Sagen und Legenden fühlten sich fast alle Zauberwesen am sichersten. Dies wusste er ebenfalls von Nick.

Jeff schüttelte den Kopf, um dessen Stimme zu vertreiben. Mag ja sein, dass es das Sinnvollste wäre, die Finger von ihr zu lassen, schließlich war sie zu allem Überfluss auch noch sein Operator. Aber das Verlangen nach ihr, würde er wohl nicht so einfach aus seinem Kopf verbannen können. Da hatten ihn die beiden Jungs mit ihrem Scherz vor eine viel zu große Herausforderung gestellt. Nun wollte er es nämlich wissen. Er wollte wissen, wie Dinas Lippen schmeckten. Wie es sich anfühlte seine Hände tief in ihren Locken zu vergraben und sie fest an sich zu drücken.

Da an Schlaf nun definitiv nicht mehr zu denken war, entschied er sich, aufzustehen und mit seinem morgendlichen Duschritual zu beginnen. Danach würde er ins Fitnessstudio fahren und noch etwas einkaufen gehen. Sein Kühlschrank war komplett leer, und aufgrund seines neuen Speiseplans brauchte er regelmäßig frisches Fleisch und Gemüse.

Wenn er beschäftigt wäre, hätte er keine Zeit, sich vorzustellen, wie Dina roch. Wie sie sich anfühlte … Und wie sie aussehen würde, wenn sie sich in seinem Bett räkelte.

„Schluss jetzt!", ermahnte sich Jeff und schälte sich aus seinen Laken.

Er schlich ins Bad und stellte sich unter die Dusche. Mittlerweile hatte er sich bereits daran gewöhnt, dass das Wasser auf seiner Haut quasi zu verdunsten schien.

Laut seinem schlauen Werwolf-Buch würde sich das legen, sobald sich sein Organismus eingependelt hatte. Seine Haut würde dann zumindest wieder ein bisschen kühler werden, aber immer noch wärmer sein als bei einem normalen Menschen.

Was sich neben seinem Speiseplan und dem neuen Heizkörper unter seiner Haut ebenfalls geändert hatte, war sein Geruchssinn. Er war um einiges besser geworden.

Am Abend zuvor hatte ihn das noch nicht gestört, doch zum Leidwesen seiner Wolfsnase wurde auch sein Duschgel von Tag zu Tag intensiver. Dies fiel ihm allerdings erst wieder ein, als er die Tube bereits geöffnet hatte.

Er musste sich unbedingt ein neues kaufen, von diesem hier bekam er augenblicklich dröhnende Kopfschmerzen.

Als er seine Sporttasche packte, entschied er, dass es genau eine Möglichkeit gab, Dina zu vergessen. Sie durften sich nicht mehr sehen! Jeff gab sich nicht der Illusion hin, ihr nie wieder zu begegnen, immerhin war die Werwolf-Gemeinde ja ein überschaubarer Haufen. Daher konnte er nur versuchen, zu vermeiden, sie täglich zu sehen. In der Konsequenz durfte er ganz einfach ihr

Coaching nicht mehr in Anspruch nehmen.

Er musste ab sofort alleine klarkommen. Früher war er ja auch ein Einzelgänger gewesen. Dann würde er eben zu einem einsamen Wolf werden. Der Gedanke, wie er im Wolfskleid einsam durch die Gegend wanderte, ließ ihn schmunzeln.

In der folgenden Woche setzte Jeff seinen Plan konsequent in die Tat um. Zunächst kappte er jegliche Verbindung zur Außenwelt – schaltete sein Handy aus und steckte sein Telefon ab. Er verließ das Haus nur, um ins Fitnessstudio zu gehen, oder zum Supermarkt.

In seiner Wohnung studierte er den dicken Werwolf-Schinken *Grundlagen des Werwolflebens – Von Albtraum bis Zwischenmenschliches.* Und jedes andere Werwolf-Buch, das Dina ihm mitgegeben hatte.

Zudem versuchte er, sich bestmöglich auf seine nächste Verwandlung vorzubereiten. In Ermangelung des Simulationsraums schaute er sich regelmäßig diese dämlichen

Hausfrauensendungen an, die ihn zuverlässig auf die Palme brachten. So trainierte er, den Wolf in sich nicht die Oberhand über seine Wut gewinnen zu lassen. Ein paar Mal wäre ihm das fast missglückt.

Einmal hatte er seinen Teller mit Essen quer durchs Wohnzimmer geworfen, so dass er an der gegenüberliegenden Wand zerschellt war. Ein anderes Mal hatte Jeff mit der geballten Faust ein Loch in die Wand neben der Couch gerammt. Der stechende Schmerz, der daraufhin in seiner Hand eingesetzt hatte, hatte ihm jedoch geholfen, den Wolf wieder kontrollieren zu.

Am selben Abend hatte er sich eine dieser Meditations-CDs bestellt. Seitdem versuchte er täglich, eine halbe Stunde meditieren. In einem seiner schlauen Bücher hatte er gelesen, dass einem das helfen konnte, Kontrolle über den Körper und seine wölfischen Gefühlsregungen zu erlangen.

Das Ergebnis merkte er unmittelbar an seinem Inventar. Es blieb ab sofort ganz.

Am Donnerstag räumte er zudem sein Gästezimmer aus, in dem bisher sowieso niemand übernachtet hatte. Er schleppte alles raus, bis nur noch die alte wuchtige Bettcouch darin stand. Dann befestigte er schwere Bolzen an der Decke und an den Wänden, an die er bleischwere Eisenketten und Fesseln hängte.

Diese Idee hatte er einem seiner Bücher entnommen, die er mittlerweile fast auswendig kannte. Darin war davon die Rede, dass sich viele Werwölfe private Verwandlungsräume einrichteten. Um sich in aller Ruhe alleine in den eigenen vier Wänden zu verwandeln.

Als Jeff nach getaner Arbeit im Türrahmen stand und sein Werk begutachtete, musste er schmunzeln. Im Handumdrehen war aus seinem ungenutzten Gästezimmer die reinste SM-Höhle geworden. *Es fehlt nur die richtige Spielgefährtin*, dachte Jeff.

In diesem Moment klingelte es. Mit einem verwunderten Blick in Richtung des Klingelns, schloss Jeff die Tür zu seiner neuen SM-

Werwolfs-Höhle ab und ging zur Wohnungstür.

Er wollte erst mithilfe der Kamera der Gegensprechanlage checken, wer sein einsames Wolfsleben störte und ihn mit einem Besuch überraschte.

Dort war aber niemand zu sehen, deshalb lugte er durch den Türspion und sah direkt in zwei große, grüne Augen. Dina!

So ein Mist, dachte Jeff. Gerade wollte er sich schon wieder davonschleichen und so tun, als wäre er nicht zu Hause, doch da klopfte sie auch schon an die Tür.

„Ich weiß, dass du da bist, Jeff! Ich kann dich riechen. Also, sei nicht kindisch, mach auf und lass mich rein."

Jeff zögerte kurz, öffnete aber schließlich resigniert die Tür. Da stand sie. In ihren Augen spiegelten sich Wut und Sorge, als sie ihn einen Moment lang einfach nur anstarrte.

Und sofort regte sich wieder etwas tief in Jeff. Ein Verlangen, Dina in die Arme zu schließen und ihr zu sagen, dass alles gut werden würde. Er unterdrückte den Impuls und trat einen Schritt zur Seite.

„Hallo, Dina! Schön, dass du mich besuchen kommst.", bemerkte er. Sarkastischer als beabsichtigt.

Er ging ins Wohnzimmer und setzte sich auf die Couch. Dina folgte ihm. Den ihr angebotenen Sessel verweigerte sie und blieb stattdessen mit vorwurfsvoll verschränkten Armen in der Mitte des Raumes stehen.

Er wusste, dass sie stinksauer auf ihn war, schließlich hatte er mal wieder ihre gemeinsamen Termine nicht eingehalten. Jeff sah sie einfach nur an und wartete darauf, dass sie ausbrach wie ein Vulkan. Erklären konnte er es ihr erst, wenn sie ihm zuhörte, *wirklich* zuhörte. Aber dazu war sie im Moment noch nicht in der Lage.

Daher verschränkte er ebenfalls die Arme vor der Brust und wartete das Unvermeidliche ab.

„Wie zum Teufel hast du dir eigentlich gedacht, dass das hier weitergehen soll? Du kommst nicht zu deinen Trainings und deine zweite

Verwandlung steht kurz bevor." Ein wölfisches Knurren begleitete ihren Vorwurf. Es war offensichtlich, dass sie Mühe hatte, ihn nicht gleich mit Haut und Haaren aufzufressen.

Jeff stand auf, blickte sie aber erst mal einen Moment stumm an.

„Was gibt's denn da zu grinsen? Hast du immer noch nicht verstanden, wie ernst die Situation ist?"

„Ich bin vorbereitet", meinte er einfach nur und nahm Dina somit den Wind aus den Segeln.

Als diese ihn verdutzt anblickte, bedeutet er ihr, ihm zu folgen.

Er führte sie aus dem Wohnzimmer und vor die verschlossene Tür seines umfunktionierten Gästezimmers.

Mit gewichtiger Miene zog er den Schlüssel, den er vorher hastig eingesteckt hatte, aus der Hosentasche und öffnete die Tür. „Bitteschön, mein Verwandlungszimmer."

Dina starrte einige Sekunden lang in den Raum, warf Jeff einen zweifelnden Blick zu und trat an die Kettenkonstruktion.

Sie zog und rüttelte eine Weile daran herum und stemmte sich gegen die Ketten. Schließlich drehte sie sich zu Jeff um.

Nun sieht sie schon viel versöhnlicher aus, dachte er. Doch er täuschte sich gewaltig.

„Das ist gar nicht so übel. Wenn man gedenkt ein wütendes Kätzchen gefangen zu halten. Für einen unkontrollierten Werwolf ist diese Konstruktion allerdings viel zu schwach. An manchen Stellen wird sie einen wütenden Werwolf höchstens einen Wimpernschlag lang aufhalten können.“

Sie blickte ihn herausfordernd an und zog mit einem Ruck an einer der Ketten, die von der Decke hingen. Mit einem lauten Knall landete die Kette neben ihr auf dem Boden. Putz bröckelte von der Decke. Und dort, wo gerade noch der dicke Bolzen gesteckt hatte, klaffte nun ein großes Loch.

Heiße Wut stieg in Jeff hoch, doch er biss die Zähne zusammen und ballte seine Hand zur Faust.

Zu allem Überfluss klopfte auch noch der Nachbar von unten mit einem Besenstiel gegen seine Decke.

Dina kam auf ihn zu. „Eine weitere wichtige Sache hast du zudem noch vergessen. Du solltest noch eine Lärmdämmung einbauen." Mit einem verschwörerischen Lächeln blieb sie vor ihm stehen. „Was sollen denn sonst deine Nachbarn von dir denken?"

„Du ahnst gar nicht, wie egal mir meine Nachbarn im Moment sind!", knurrte er.

Ehe Dina einen weiteren Schritt machen konnte, drängte er sie unsanft an den Türrahmen. Sein Gesicht war ihrem nun ganz nah und er konnte hören, dass auch ihr Herzschlag sich beschleunigt hatte. Einen Augenblick blieb er einfach nur so stehen und hielt ihr Gesicht mit seinen Händen umfasst. Ihre Augen wanderten zu seinen Lippen, während sie sich mit der Zunge gedankenverloren über ihre eigenen fuhr, um sie zu befeuchten. Als wäre das ein Zeichen gewesen, senkte Jeff langsam den Kopf. Kurz bevor seine Lippen ihre berührten, realisierte er, was er da tat.

Er war dabei, sich zu nehmen, was er wollte. Aber nicht, weil sie es auch wollte. Sondern weil sie ihn dermaßen auf die Palme gebracht hatte, dass er kurz davor war, sich selbst zu vergessen. Mit einem Knurren ließ er die Hände sinken und trat einen Schritt zurück.

Dina hingegen sah ihn herausfordernd an. „Na, hast du deinen Wolf doch noch nicht so ganz im Griff? Ich überrasche dich in deiner Wohnung, provoziere dich, und du würdest mir nun am liebsten die Kehle durchbeißen. Habe ich recht?"

Der letzte Satz klang fast wie eine Drohung.

Und sofort stieg wieder heiße Wut gemischt mit einem animalischen Verlangen in Jeff hoch. Er wollte sie anbrüllen, so zornig machte sie ihn. Gleichzeitig wollte er ihr auch die Kleider vom Leib reißen und sie auf die Bettcouch neben ihnen werfen.

Aber sein Verstand schien doch soweit die Oberhand zu haben, dass er nur ein weiteres tiefes, kehliges Knurren ausstieß und sich abrupt an

Dina vorbei drängte. Wütend stapfte er in die Küche.

Dort holte er sich eine eiskalte Cola aus dem Kühlschrank und trank die Dose auf einmal leer. Anschließend nahm er zwei weitere Dosen aus dem Kühlschrank und ging hinüber ins Wohnzimmer.

Dort bemerkte er, dass Dina es sich in der Zwischenzeit auf seiner Couch bequem gemacht hatte. Jeff stellte die beiden Dosen auf dem Couchtisch ab, setzte sich in den Sessel ihr gegenüber und funkelte sie böse an.

„Was zur Hölle sollte das?", fuhr er sie schroffer an als beabsichtigt.

Doch Dina zuckte nicht mal mit der Wimper. „Ich wollte sehen, ob du in der letzten Woche an dir selbst gearbeitet oder dich einfach nur ein weiteres Mal in dein Schneckenhaus zurückgezogen hast. Bist du denn immer noch überzeugt davon, auch allein klarzukommen?" Sie legte den Kopf schief und blickte ihn einen Moment lang schweigend an.

„Ich muss aber sagen, dass du das Raubtier in dir mittlerweile ganz gut unter Kontrolle hast. EDu scheinst dich wirklich mit der Materie auseinander gesetzt und an dir gearbeitet zu haben. Das ist sehr gut. Was das betrifft, bin ich tatsächlich ein bisschen stolz auf dich." Für einen Moment klang sie versöhnlich, dann wurde sie jedoch gleich wieder ernst. „Ich habe dich gereizt und provoziert. Bitte entschuldige." Sie blickte ihn ehrlich zerknirscht an.

Oh, du ahnst gar nicht, wie sehr du mich gereizt hast, dachte Jeff. Er war erneut versucht, zu ihr hinüber zu gehen und sie zu küssen. Um zu sehen, wie sie darauf reagieren würde, wenn er es wirklich tat und sich nicht kurz vorher wieder am Riemen riss. Fast hatte er den Eindruck, dass sie genau das wollte.

Doch er schwieg und begnügte sich damit, sie weiterhin böse anzustarren.

„Aber ich war auch wirklich wütend auf dich, weil du das Programm schon wieder abgebrochen hast. Versprich mir, weiterzumachen. Nicht nur um deinetwillen. Denke auch an deine Nachbarn, all die Menschen um dich herum und an uns Werwölfe. Schon allein ein Werwolf, der sich nicht zu hundert Prozent unter Kontrolle hat, ist wie eine tickende Zeitbombe. Und wir Zauberwesen können nur überleben, wenn wir nicht auffallen."

Einen Moment lang blickte sie fast so traurig, als wäre die Katastrophe bereits eingetreten und sie wären bereits alle enttarnt worden und aufgeflogen.

„Also, versprich mir, dass du das Programm zu Ende führst. Bitte."

Jeff wusste, dass er mit dem Feuer spielte, aber er konnte diesen meergrünen Augen einfach keinen Wunsch abschlagen.

Er hätte es auf das schlechte Gewissen, das sie ihm machte, oder auf seine Verantwortung den anderen Werwölfen gegenüber schieben können. Doch das wäre nur die halbe Wahrheit gewesen.

Er hoffte einfach, dass Dinas Besuch bei ihm ein Zeichen dafür war, dass sie sich zumindest etwas aus ihm machte.

Also nickte Jeff und stimmte zu, zum Programm zurückzukehren.

Kapitel 9

Völlig unausgeschlafen und schlecht gelaunt saß Jeff am darauffolgenden Montag mal wieder in diesem vermaledeiten Simulations-Raum. Überall an seinem Kopf waren Elektroden befestigt. Neben ihm stand Nick, der an einem kleinen Monitor herumfummelte.

Auf diesem Bildschirm konnten sie überwachen, dass er die Simulation auch ja überlebte, wie Nick im bei seiner ersten Sitzung erklärt hatte. Jeff hingegen erinnerte das Gerät an diese piepsenden Kästchen, die im Krankenhaus zur Überwachung der Vitalzeichen dienten. Puls, Herzschlag usw. Wahrscheinlich war es bei einer Simulation ebenfalls ganz sinnvoll, den ‚Patienten' im Blick zu behalten.

Nick war inzwischen fertig und sah Jeff vorwurfsvoll an. Der Kasten neben ihnen piepste stetig vor sich hin.

„Das war sicherlich nicht eine deiner besten Ideen … Alter, die bringen dich auf die Insel, wenn du das Programm nicht fertig machst!"

„Welche Insel denn?"

Nick rollte mit den Augen. „Alcatraz sagt dir etwas, oder?"

Jeff nickte ungeduldig.

„Sowas in der Art gibt es auch für Zauberwesen, die aus der Spur geraten sind. Wie Werwölfe, die ihr Eingliederungsprogramm nicht zu Ende gemacht haben, zum Beispiel." Nick deutete auf Jeff und warf ihm nochmals einen vorwurfsvollen Blick zu, bevor er begann, den Sitz der Elektroden zu überprüfen. „Bei der Sitzung des großen Rats hast du deine letzte Chance bekommen. Also, verspiele sie nicht. Schon allein wegen Dina." Nicks Stimme war fast nur noch ein Flüstern.

Jeff starrte ihn verständnislos an. „Dina? Habt ihr mir nicht letztens erst gesagt, dass ich die Finger von ihr lassen soll?!"

„Ach, das meine ich doch gar nicht … Also, natürlich solltest du am besten die Finger von ihr lassen. Aber", Nick sah ihn abermals eindringlich an, „sie hat dich gedeckt, Alter! Sie hat so getan, als wärst du krank. Und als du nicht mal bei Michael und mir ans Telefon gegangen bist, ist sie losgezogen, um dich zu suchen."

Jeff starrte Nick mit offenem Mund an. Konnte es sein, dass Dina nicht nur aus Angst um die Zauberwesen gehandelt hatte? War es möglich, dass sie ihn um seinetwillen wieder zurück ins Programm geholt hatte?

Er wollte etwas erwidern, doch Nick klatschte in die Hände und rief laut. „So, wir können loslegen."

Schon begannen die Qualen von neuem.

Jeff lief durch die Nacht. Es war eiskalt und so dunkel, dass er kaum seine eigene Hand vor Augen sehen konnte. Plötzlich erschien ein Licht vor ihm zwischen den Bäumen. Aus dem Lichtschein, der sich in der weißen Schneedecke auf Bäumen und Boden spiegelte, trat eine Gestalt auf ihn zu. Jeff blieb wie angewurzelt stehen, als er sie erkannte. Es war Leonora!

Groß und schlank, wie sie war, wirkte sie mit

ihrem selbstbewussten Gang, der schwarzen enganliegenden Kleidung und den blonden, im Wind wehenden Haaren fast wie eine Art Racheengel.

Jeff schluckte. Auch das noch, nun suchte sie ihn sogar in seinen Trainingssimulationen heim. Reichte es nicht aus, dass er sich fast jede Nacht in seinen Träumen mit ihr herumschlagen musste?

„Na, Süßer! Jetzt ist deine hübsche Werwolf-Freundin wohl nicht da, um dich zu retten, hm?"

Ihre Stimme war diesmal nicht so rauchig und verführerisch, wie er sie in Erinnerung hatte. Stattdessen war sie kalt wie Eis.

Als sie sprach, stellten sich bei Jeff die kleinen Härchen im Nacken auf und ihm war, als wäre die Umgebungstemperatur auf einen Schlag um locker zehn Grad gesunken.

Unwillkürlich trat er einen Schritt zurück, ohne Leonora auch nur eine Sekunde aus den Augen zu lassen. Ihre eisblauen Iriden funkelten ihn an, während sie mit geschmeidigen Schritten immer weiter auf ihn zuging.

„Hat es dir etwa die Sprache verschlagen, mein Hübscher?" Ein amüsiertes Lächeln kräuselte Leonoras Lippen.

„Das macht nichts! Schweigsam und schön sind mir Männer sowieso am liebsten. Soll ich dir denn schon mal verraten, was ich alles mit dir vorhabe?"

Sie stand inzwischen so dicht vor ihm, dass Jeff ihren Atem auf seiner Haut spüren konnte. Genau wie ihre Stimme war er eiskalt. Weiter zurückgehen konnte er allerdings nicht mehr, hinter seinem Rücken ertastete er bereits die knochige Rinde eines Baumes.

Das ist nur eine Simulation, dachte sich Jeff.

Die Leonora, die so dicht vor ihm stand, dass keine Handbreit ihre Gesichter mehr voneinander trennte, war nicht echt.

„Oh!", hauchte sie ihm ins Ohr. „Du glaubst, ich bin nicht echt?"

Ohne Vorwarnung biss sie ihm ins Ohr und sofort durchzuckte Jeff ein stechender Schmerz. Er brüllte laut auf und stieß Leonora von sich.

Diese wurde durch die enorme Wucht seines Stoßes nach hinten geschleudert und landete etwa einen Meter vor ihm im Schnee.

Keine Sekunde später stand sie wieder vor Jeff und presste ihre Hand um seinen Hals.

Dies passierte so schnell, dass Jeff erst realisierte, dass Leonora ihm die Luft abdrückte, als er bereits zu röcheln begann.

„Wie echt fühlt sich das nun für dich an?" Leonora lockerte den beißzangenhaften Griff um seine Kehle so weit, dass Jeff zumindest wieder ein bisschen Luft bekam. „Weißt du, ich könnte dich natürlich auch gleich umbringen. Dann wäre es ganz schnell vorbei. Aber das würde wesentlich weniger Spaß machen. Und außerdem wird Blut so schnell kalt und fad, wenn das Herz zu schlagen aufgehört hat. Also halt jetzt brav still … und lass mich ein bisschen von dir kosten. Das Blut eines frischen Werwolfs habe ich schon lange nicht mehr geschmeckt."

Mit diesen Worten rammte sie ihm ihre Zähne in den Hals und begann, an Jeff zu saugen. Dabei verursachte sie so ein ekelhaftes, schmatzendes Geräusch.

Jeff bäumte sich gegen sie auf, doch es war zwecklos – Leonora hielt ihn fest an den Baum hinter ihn gepresst.

Da sie ihm kräftemäßig eindeutig überlegen war, entschied er sich, es mit einer anderen Taktik zu versuchen. Er würde sich erst einmal geschwächt geben und dann … würde ihm schon etwas einfallen, um sie loszuwerden.

Aber zunächst musste er erst einmal all seine Willenskraft aufbringen, um seinen Körper dazu zu zwingen, sich etwas zu entspannen und ruhig zu verhalten.

„Weißt du", raunte sie ihm ins Ohr, als sie einen Moment später tatsächlich die Zähne wieder aus Jeffs Hals zog. „Wir könnten viel Spaß miteinander haben. Vampire sind sehr beweglich und ausdauernd, musst du wissen." Sie wischte sich mit dem Ärmel sein Blut von ihren vollen Lippen und kaute anschließend spielerisch auf seinen herum.

Jeff schmeckte den kupfernen Geschmack seines eigenen Blutes und war versucht, es Leonora direkt ins Gesicht zu spucken.

„Aber vielleicht muss ich ja erst deine kleine Freundin umbringen, damit du mir ganz gehörst? Was meinst du?"

Bei diesen Worten legte Leonora den Kopf schief und sah Jeff an, als müsste sie noch kurz über ihre eigene Idee nachdenken.

Währenddessen kochte heiße Wut in Jeff hoch — stärker und animalischer, als er sie bisher gekannt hatte. Dieses Vampir-Miststück sollte es auf keinen Fall wagen, Dina auch nur ein einziges Haar zu krümmen. Nicht, wenn er es verhindern konnte.

Er stieß einen markerschütternden Schrei aus und schubste Leonora im gleichen Moment mit einer solchen Wucht von sich, dass diese mehrere Meter durch die Luft flog.

Mit einem großen Satz war er ihr hinterhergehüpft, packte sie am Arm und schleuderte sie erneut ihm hohen Bogen herum.

Wie einen Sandsack ließ er sie an den Füßen durch die Luft schwingen und immer wieder auf den Boden knallen, während Leonor nach ihm biss und sich aufzubäumen und ihn zu greifen versuchte.

Bis er merkte, dass ihn jemand rief. „Jeff! Jeff, komm zurück, Alter."

Was machte Nick, denn in diesem Wald?, dachte Jeff noch, als sich die Bäume bereits vor ihm in Luft auflösten und er sich in dem Simulationsraum wiederfand.

Nick und Michael pressten seine Arme auf die Armstützen des Behandlungsstuhls, auf dem er saß, und sprachen beruhigend auf ihn ein. Erschrocken hörte Jeff auf, um sich zu schlagen. Schließlich blieb er schwer atmend auf dem Stuhl sitzen und lehnte seinen Kopf an die Lehne. Bis sich sein Herzschlag wieder normalisiert hatte.

„Krass, Alter. Wer hat dich denn so wütend gemacht?", fragte Michael grinsend.

„Leonora!", keuchte Jeff. „Sie wollte mich aussaugen! Glaube ich."

Nick lachte schallend. „Auch in seinen Simulationen ein Frauenheld." Er klopfte Jeff auf die Schulter. „Komm, wir gehen erst mal einen Kaffee trinken und üben nachher weiter. Vampire umzubringen, ist nämlich nicht Teil des Trainings. Du solltest deine Wut nämlich eigentlich kontrollieren und sie nicht unkontrolliert ausleben. Schon vergessen?" Er zwinkerte ihm zu und entfernte die Kabel der Elektroden an Jeffs Kopf.

„Außerdem gibt es heutzutage Abkommen, die das Verhalten von uns Zauberwesen untereinander regeln. Vampiren ist es also im einundzwanzigsten Jahrhundert verboten, Werwölfe leer zu saugen. Und wir missbrauchen diese Blutsauger daher auch nicht mehr als Punchingbälle. Alles klar, Mann?"

Jeff nickte und lächelte gezwungen. Dann folgte er den beiden aus dem Labor und ein Stockwerk höher. Dort befand sich eine kleine Cafeteria, in der Mitarbeiter und Werwölfe, die für die Trainings oder eine Besprechung hier waren, Mittagessen, Kaffeetrinken und sich

Snacks gönnen konnten.

Die drei hatten sich kaum ihre Kaffees geholt und sich an einen Tisch in der Ecke gesetzt, als Dina mit einem vollbeladenen Tablett vor ihnen erschien.

„Darf ich mich zu euch setzen, Jungs?", fragte sie fröhlich.

Jeff nickte nur. In seinem Kopf hallte immer noch Leonoras Drohung nach. Auch wenn sie ihm in dieser eher sterilen Cafeteria doch mehr als unwirklich erschien.

Nick allerdings sprang voller übertriebener Höflichkeit auf und meinte. „Darf ich Euch einen Stuhl anbieten, Mylady?"

Dina lachte und ließ sich auf den ihr angebotenen Platz fallen.

Kaum hatte sie ihr Tablett abgestellt, saß Nick auch schon neben ihr und stibitzte ihr einen Keks vom Teller.

„Ah, du wolltest in Wahrheit nur an die Kekse, stimmt's? Ich bin dir ja eigentlich völlig schnuppe …", rief sie in gespielter Entrüstung.

„Erwifft!", nuschelte Nick und stopfte sich gleich noch einen weiteren Keks in den Mund.

Dina lachte erneut, schob den Teller mit Keksen in die Mitte und wandte sich an Jeff. „Wie war deine erste Simulation heute?"

„Och, na ja.", brummte dieser. Er war sich nicht so sicher, wie er einer Frau erklären sollte, dass er quasi wegen ihr gerade fast einen Vampir umgebracht hatte. In einer Simulation, natürlich.

„Er hat wohl Leonora getroffen, und die scheint ihn ein bisschen aufgewühlt zu haben", antwortete da Michael an seiner statt.

Bei dem Namen Leonora zogen sich Dinas Augenbrauen zu einer unausgesprochenen Frage nach oben.

„Ah ja…", erwiderte sie nur und trank einen Schluck aus ihrer Tasse. Aber Jeff zog es lieber vor, sich zu diesem Thema nicht weiter zu äußern.

„Was ich euch eigentlich fragen wollte", fügte sie nach einer kurzen Pause hinzu. „Was haltet ihr davon, wenn wir mit Jeff einen kleinen Campingausflug machen und ihm zeigen, was

Werwölfe machen, wenn sie unter ihresgleichen sind?"

Nick und Michael waren gleich Feuer und Flamme und versprachen, sich um alles zu kümmern. Zelte, Schlafsäcke, Kochutensilien und was Männer sonst so zum Zelten brauchen.

„Vergesst aber nicht, dass ich auch mitkommen werde", warf Dina ein.

Die beiden begannen augenblicklich, lautstark zu protestieren. Sie erfanden einen fadenscheinigen Grund nach dem anderen, warum Dina auf keinen Fall mitfahren konnte. Dina hingegen prustete vor Lachen nur so in ihren Kakao.

„Keine Chance Jungs, das wird kein reiner Männerausflug. Schließlich bin ich als Jeffs Operator für ihn verantwortlich und muss daher gewährleisten, dass er auch wieder heil zurück nach Hause kommt und sich ausreichend auf seine Verwandlung vorbereitet", mahnte sie mit gespielt strengem Blick.

„Einverstanden.", rief Nick schließlich und

wandte sich an Jeff. „Was meinst du? Wird doch sicher lustig?"

„Also, ich hab's eigentlich nicht so mit dem campen … So viele Leute auf engem Platz. Und dann hört man die sicher durch die Zeltwand schnarchen." Jeff schaute wenig begeistert ihn die euphorischen Gesichter der beiden anderen Jungs.

Aber schon winkte Michael ab. „Papperlapapp! Das wird ein Mordsspaß. Und glaube mir, Camping für Werwölfe ist definitiv keine Massenveranstaltung. Das ist etwas für echte Individualisten."

Jeff sah im Geiste förmlich, wie sich Michael zur Untermalung seiner Aussage mit beiden Fäusten auf die Brust schlug. Daher ließ er sich überreden und erklärte sich bereit, am Mittwoch mit den dreien für ein zwei oder drei Tage in die Wildnis zu fahren.

Anschließend gingen Nick, Michael und Jeff zurück ins Labor und führten noch ein paar Trainingssimulationen durch.

Jeff war heilfroh, dass Leonora in keiner

weiteren Simulation mehr auftauchte. Eine solche Konfrontation am Tag, war mehr als genug.

***

Komplett ausgelaugt kam er am Abend wieder zurück in seine Wohnung und entschied, sich zur Feier des Tages eine Pizza vom Lieferdienst zu gönnen.

So duschte er und machte es sich anschließend mit dem Fast-Food beim Fußballschauen auf der Couch bequem. Bereute allerdings bereits in der darauffolgenden Nacht seine Entscheidung zu Gunsten der Pizza. Sein Wolfsmagen vertrug sie offensichtlich immer noch nicht.

So hing er den Großteil der Nacht über der Toilette und fand erst im Morgengrauen etwas Schlaf. Zu seinem Glück war für den Dienstag kein Training angesetzt, sodass er getrost nochmal den halben Tag über der Toilettenschüssel verbringen konnte.

Kapitel 10

Am Mittwochmorgen fühlte er sich schon wieder um einiges besser.

Fit genug jedenfalls, um mit den anderen zum Campen zu fahren. Vor allem weil er zu stolz war, um Dina gegenüber zuzugeben, dass er etwas gegessen hatte, von dem er bereits gewusst hatte, dass sein Wolfsmagen es nicht vertragen würde. Daher stand er wie verabredet um neun Uhr mit Schlafsack, seiner alten Taschenlampe und genug Kleidung für ein paar Tage im Rucksack vor seiner Wohnung.

Er musste nicht lange warten, da kam auch schon ein froschgrüner Bus um die Ecke gebogen.

Es war ein alter VW Bulli. Nick saß am Steuer und sah mit seiner Ray-Ban-Sonnenbrille und dem Strohhut erstaunlicherweise eher stylish als affig aus.

Trotzdem musste Jeff lachen, als er vor ihm hielt.

Michael öffnete die Schiebetür und hüpfte

heraus. „Guten Morgen, Mann! Na, alles dabei?"

Jeff nickte und hielt, wie zur Bestätigung Rucksack sowie Schlafsack in die Höhe.

Dina kurbelte das Beifahrerfenster herunter und lächelte Jeff an. „Guten Morgen! Komm an Bord."

Das ließ er sich nicht zweimal sagen und kletterte zu Michael in das Innere des Busses. Dort befand sich nur eine Sitzreihe. In Fahrtrichtung und direkt hinter Fahrer- sowie Beifahrersitz angebracht. Auf dieser hatte es sich Michael bereits wieder gemütlich gemacht, während zwischen seinen Füßen einige Stapelboxen sowie eine Kühlbox lagerten. Dahinter, unterhalb des Fensters, entdeckte Jeff sogar die Platte eines kleinen Tisches.

Das alles sah so aus, als wäre es schon eine Weile und recht regelmäßig in Gebrauch. Aber ohne allzu abgenutzt zu wirken.

Schmunzelnd setzte sich Jeff neben Michael in den Fond des Camping-Wunders und schnallte sich ebenfalls an.

Keine Sekunde zu spät, denn Nick trat bereits kräftig in die Pedale und brauste in Richtung Stadtautobahn durch die Hansestadt.

„Der Bus gehört meinem Vater", erzählte Nick in der Zwischenzeit. „Wir waren als Kinder mit ihm quasi jedes Wochenende mit ihm in den Wäldern unterwegs. Ich bin daher also halb auf Campingplätzen aufgewachsen." Er klopfte sich auf die stolzgeschwellte Brust. „Halt dich also am besten an mich, Jeff, dann wirst du da draußen in der Wildnis mit sehr hoher Wahrscheinlichkeit überleben."

„Na, na, du Angeber", flachste Dina. „Quasi jeder kleine Wolf verbringt viel Zeit da draußen. Meine Brüder und ich flogen beispielsweise oft für die halben Sommerferien nach Irland. Wie besuchten unsere Großeltern oder Abenteuercamps," schwärmte sie. „Unberührte und raue Natur … und ein Haufen Teenager, die meinten, sie wären die Herren der Insel." Sie lachte ihr fröhliches Lachen und hatte ein Leuchten in den Augen, das Jeff unwillkürlich zum Grinsen brachte.

So verbrachten die vier die Fahrt zum Campingplatz mit Geschichten darüber, wie man als Wolf in dieser Welt aufwuchs.

Jeff erfuhr, dass sich die Teenagerprobleme von Werwölfen gar nicht so sehr von den Problemen der Menschen unterschieden. Auch junge Wölfe rebellierten mit aller Gewalt gegen ihre Eltern. Zudem mussten sie lernen, den Wolf in sich zu kontrollieren. In die Pubertät fällt nämlich dummerweise auch die erste Verwandlung im Leben eines jungen Werwolfs.

Was, so fand Jeff, einen Teenager-Werwolf für seine Umwelt doch noch etwas gefährlicher erscheinen ließ, als es ein normaler Teenager war.

Alles infrage zu stellen, was einem die Eltern sagten oder vorlebten, war in dieser Phase eine mehr als natürliche Verhaltensweise. Bei Werwölfen konnte dies aber leider auch noch bedeuten, die Sicherheit der gesamten Spezies zu riskieren.

Langsam verstand Jeff, warum Werwölfe eher

unnachgiebig mit Erwachsenen umgingen, die frisch in einen Werwolf verwandelt worden waren. Sie hatten mit ihrem eigenen Nachwuchs schon mehr als genug zu tun.

Der Campingplatz befand sich versteckt in einem Waldstück in der Nähe der Küste, wie Jeff vermutete. Sie hatten hinter Itzehoe die A23 verlassen und waren anschließend eine Weile über die Bundesstraße und diverse kleine Landstraßen in einen weitläufigen Wald gefahren. Bis ein langer Zaun mit einem großen Tor darin, sie an der Weiterfahrt hinderte.

Jeff dachte im ersten Moment, dass sie sich verfahren hätten. Doch zu seiner Verwunderung hielt Nick den Bus einfach vor dem Tor an. Dina stieg aus, öffnete es und ließ sie hineinfahren. Anschließend schloss sie es sorgfältig hinter ihnen und kletterte zurück auf ihren Platz auf den Beifahrersitz.

„Das sind reine Sicherheitsvorkehrungen", erklärte Michael Jeff unterdessen. „Wir schließen uns in diesem Areal nicht wirklich ein. Das würde nichts nützen. Nichts ist spannender als ein verschlossenes Tor im Nirgendwo. Daher ist hier zwar dieser Zaun, aber wenn man will, kommt man trotzdem an ihm vorbei. Dennoch schützt er uns davor, überraschend Besuch von Menschen zu bekommen. Zudem ist das Areal um den Zaun herum Videoüberwacht."

Nach ein paar Minuten Fahrt erreichten sie ein weiteres Tor. Diesmal aber eines von der Sorte, wie Jeff sie von Campingausflügen mit seiner Familie kannte.

In einem kleinen Häuschen nebenan war die Anmeldung für den Campingplatz untergebracht. Dort trugen sich die vier in eine Liste ein und bekamen einen Stellplatz für ihren Bus zugewiesen.

Der Campingplatz war im Grunde einfach nur ein großer Mischwald, der in der Nähe des Meeres in die typische nordfriesische Dünenlandschaft überging. Als sie auf einer Art Feldweg durch den Wald fuhren, sah Jeff einige Zelte und weitere Campingbusse zwischen den

Bäumen und auf Lichtungen stehen. Alles war sehr großzügig angelegt, und keiner der Stellplätze schien sich allzu nah am nächsten zu befinden.

An ihrem Stellplatz angekommen, begannen die Jungs gleich damit, ein großes Zelt für sich aufzubauen und mit Schlafsäcken auszustatten. Für Dina war ein etwas gemütlicherer Schlafplatz im VW Bus vorgesehen. Abends würden sie die hintere Bank für sie umklappen. Mit Kissen und Decken versehen würde das fast ein vollwertiges Bett abgeben, versprach Nick.

Nachdem sie auch noch eine provisorische Kochecke eingerichtet hatten, schickte Michael Dina an den Strand.

„Leg du dich doch einfach ein paar Stunden ans Meer und genieß die Sonne", meinte er. „Wir kümmern uns in der Zwischenzeit um Feuerholz für das Lagerfeuer, Stöcke für Stockbrot und checken aus, wo sich die heißen Schnitten in diesem Wald verstecken. Männersachen eben!"

Lachend packte Dina ihre Badesachen und ein

Buch zusammen.

„Aber passt mir gut auf unseren Neuen auf. Nicht, dass er sich wieder mal selbst in Schwierigkeiten bringt." Sie zwinkerte Jeff zu und stapfte kopfschüttelnd und immer noch schmunzelnd in Richtung Strand davon.

Jeff blickte ihr nach und überlegte, ob sich wohl in den nächsten Tagen eine Gelegenheit ergeben würde, sie zu küssen. Seit ihrer Begegnung in seiner Wohnung in der letzten Woche wollte er es umso mehr.

Da knuffte Nick ihn in die Seite. „Komm, Mann! Wir zeigen dir jetzt erst mal das ganze Camp."

Das Camp, wie Nick es nannte, war ein ausgewachsener Vergnügungspark für Werwölfe. Neben dem obligatorischen Sanitärbereich und der Minigolf-Anlage versteckten sich zwischen den Bäumen unter anderem einige Schiffsschaukeln in verschiedenen Größen. Zudem führte eine Art Kletterparcours durch den Wald und es gab eine riesige Fressmeile.

„Im Sommer ist hier abends immer die Hölle los... Das Café hier hinten wird dann nämlich abends zur Bar. Mit Live-Musik und leckeren Cocktails." Michael deutete auf ein kleines Häuschen in den Dünen.

Es stand, typisch für seine Lage nah am Wattenmeer, auf Stelzen und hatte eine große Holzveranda. Auf dieser standen gemütliche Lounge-Sessel. Keine Korbstühle, wie in den Tourihochburgen einige Kilometer weiter nördlich gelegen. Überall hingen bunte Lampions und Fähnchen, die sich in der sanften Brise bewegten, die gerade vom Meer zu kommen schien.

Hier kann man es an lauen Sommerabenden wirklich aushalten, dachte Jeff. Und mal wieder kam ihn in den Sinn, dass diese Verwandlung vielleicht nicht das Schlechteste war, was ihm in den letzten Jahren widerfahren war.

„Daran könnte ich mich wirklich gewöhnen", seufzte er wohlig, als sich die drei auf der Veranda des ‚Café Seeblick‘ in die Kissen fallen ließen.

„Na, schau an, wer da plötzlich Gefallen am Campen gefunden hat", flachste Nick.

Die drei gönnten sich einen Eiskaffee in der Sonne und entschieden als Nächstes, Dina am Strand zu überraschen.

Daher wanderten sie kurze Zeit später quer über die Dünen hinunter zum Strand. Gemächlich liefen sie an ihm entlang, bis sie Dinas rotbraunen Lockenschopf auf ihrem leuchtendgelben Handtuch entdeckten.

Sie schien sie auch gesehen zu haben, denn sie drehte sich zu ihnen um und winkte. Wunderschön sah sie aus, fand Jeff, wie sie sich so mit ihrer blassen Haut und der im Wind wehenden Mähne in den ersten Sonnenstrahlen dieses Sommers räkelte.

Da er Dina zuvor noch nie im Bikini gesehen hatte, glitt sein Blick nun langsam über ihren wohlgeformten Körper. Über die Rundungen ihres üppigen Busens weiter zu ihrem flachen Bauch und an ihren strammen Oberschenkeln hinunter.

Neben ihm sprinteten Nick und Michael plötzlich gleichzeitig los. Als sie Dina erreichten, packte Nick ihre Arme und Michael hob ihre Beine an. Gemeinsam trugen sie so die strampelnde und quietschende Dina hinunter zum Wasser.

„Jeff, hilf mir!", schrie sie lachend und versuchte, sich aus dem Griff der beiden zu winden.

Dieser hob nur hilflos die Schultern und sah zu, wie Nick und Michael Dina gnadenlos weiter hinein ins Wasser trugen. Soweit, bis die beiden selbst bis zu den Knien in den sanften Wellen standen.

Dann ließen sie sie ein, zweimal schwingen und warfen sie im hohen Bogen ins zu dieser Jahreszeit noch recht kühle Meer. Mit einem lauten Quietschen, gefolgt von einem Platschen, versank sie im Wasser. Nur um in der nächsten Sekunde bereits prustend und lachend wiederaufzutauchen.

„Ihr Schweine!", stieß sie hervor. „Vergreift euch einfach an einem hilflosen Mädchen."

Daraufhin musste Nick lauthals loslachen. Worauf sich Dina mit lautem Gebrüll auf ihn stürzte und versuchte, ihn ebenfalls unterzutauchen.

Was allerdings kläglich misslang, da Nick an der Stelle, an der sie sich befanden, noch locker im Wasser stehen konnte und es daher ein Leichtes für ihn war, sich gegen Dina zu stemmen.

Diese ließ sogleich von ihm ab, als sich Jeff lachend den dreien näherte.

„Du, du hast mir nicht geholfen!", rief sie gespielt vorwurfsvoll und spritzte ihn nass.

Da griff er kurzerhand um ihre Taille, hob sie hoch und warf sie ebenfalls in hohem Bogen ins Wasser.

Die drei Jungs lachten und klatschten sich ab, während Dina prustend auftauchte und ihnen vorwarf, dass sie sich alle gegen sie verschworen hätten.

„Zur Strafe müsst ihr mich heute Abend

bekochen", beschloss sie und funkelte die drei herausfordernd an.

„Abgemacht!", erwiderte Nick und streckte die Hand aus, um darauf einzuschlagen. „Und du machst dann den Abwasch!"

„Genau!", lachte Dina und stapfte wieder ans Land. „Das würde dir wohl gefallen."

Kapitel 11

Nach zwei weiteren entspannten Stunden am Strand kehrten sie gemeinsam zu ihrem Zeltplatz zurück, und Nick schmiss gleich den Grill an. Laut Michael und ihm gehörte zu einem anständigen Camping-Trip einfach ein Abendessen vom Grill.

Jeff leistete ihnen Gesellschaft und gönnte sich dabei ein kühles Bier.

Dina hatte sich, nachdem sie vom Strand zurückgekommen waren, in den Sanitärbereich der Anlage verzogen.

Nun kam sie nach Rosen duftend, zurück und setze sich zu ihnen auf einen der Klappstühle, die Michael aus den Tiefen des Busses gezaubert hatte.

„Hm, das riecht aber schon lecker!", meinte sie und öffnete sich ebenfalls eine Flasche Bier.

„Du aber auch", erwiderte Jeff augenzwinkernd.

Woraufhin Dina lachend den Kopf in den Nacken warf.

„Jeff, mein Freund, du hast wohl vergessen, dass wir Werwölfe sind und keine Vampire. Oder hat dich Leonora vielleicht doch in einen verwandelt?", scherzte Nick.

„Oh nein!", meinte Jeff kopfschüttelnd. „Dieser Frau werde ich auf keinen Fall mehr nah genug kommen, dass sie mich beißen kann. Auch nicht in einer Simulation. Das dürft ihr mir glauben!"

Die anderen drei lachten.

„Gibt es denn bei Vampiren auch so ein Eingliederungsprogramm wie bei Werwölfen?", fragte Jeff, als sie sich die anderen die vor lauter Lachen bereits schmerzenden Bäuche hielten.

Dina wischte sich eine Lachträne aus dem Augenwinkel und nickte.

„Ja, das gibt es auch für Vampire. Für sie ist es sogar fast noch wichtiger als für uns Werwölfe. Vampire sind für Menschen nämlich noch ein bisschen gefährlicher als wir. Ein Vampir im Blutrausch kann mal ganz schnell eine Kleinstadt auslöschen. Zudem hat es Vampire seit jeher in große Städte gezogen. Im Gegensatz zu uns

Werwölfen – wir folgen regelmäßig dem Ruf der Wildnis, wie du siehst." Sie deutete auf den Wald um sie herum. Dann stand sie auf und holte das Geschirr aus dem Bus. „Aber lass uns jetzt nicht mehr über Leonora oder irgendeinen anderen Vampir sprechen. Es schaut nämlich so aus, als wäre das Essen fertig."

So aßen sie und machten sich, nachdem sie noch schnell gemeinsam den Abwasch erledigt hatten, auf den Weg ins ‚Café Seeblick'.

„Ja, wen sehen meine trüben Augen denn da … DINA!", rief ihnen einer der Kellner entgegen, als sie das Café betraten.

Er war schick in schwarzer Hose, schwarzer Schürze und einem weißen Hemd gekleidet. Zudem war er trainiert, braungebrannt und sah ziemlich gut aus, wie Jeff bemerkte.

Dina nahm ihn herzlich in die Arme und drückte ihm einen dicken Schmatzer auf die Wange. „Pierre! Es ist so schön, dich mal wieder zu sehen." Sie drehte sich zu Jeff, Nick und Michael um. „Jungs, das ist Pierre. Mein

Sandkastenfreund, der sich auf dieses gottverlassene Fleckchen Erde zurückgezogen hat, um diesen schäbigen Schuppen hier zu eröffnen."

Sie zwinkerte ihnen zu, während Pierre mit gespielter Entrüstung nach Luft schnappte.

„Na, na, meine Liebe! Bis gerade eben konnte ich dich noch wirklich gut leiden."

Lachend gab er jedem von ihnen die Hand und führte sie auf die großzügige Veranda, auf der die Jungs erst an diesem Nachmittag ihren Kaffee genossen hatten. Doch Jeff kam es so vor, als würden sie nun ein anderes Lokal betreten.

Die großen, wuchtigen Tische im Herzen der Veranda waren mit weißen Tischdecken bedeckt und festlich eingedeckt. Überall leuchteten Laternen und Lämpchen und tauchten die großzügige Veranda in ein warmes Licht.

„Was kann ich euch bringen?", fragte Pierre, nachdem er sie an einen der Loungetische im hinteren Teil der Veranda geführt hatte. Von diesem Tisch aus hatten sie einen fantastischen Blick auf die Dünen, den Strand und das Meer.

„Sei so gut und bring uns bitte vier von deinen fantastischen Sundownern", bat ihn Dina und kuschelte sich in die flauschigen Kissen ihres Loungesessels.

Jeff blickte Pierre skeptisch nach, als sich dieser auf den Weg zur Theke machte.

Michael, der ihn dabei beobachtet hatte, lehnte sich zu ihm herüber. „Nur ruhig, Brauner. Der Kerl wäre wohl eher an Nick und mir interessiert als an Dina. Wenn du verstehst, was ich meine …" Er deutete mit seinem Kopf in die Richtung, in die Pierre verschwunden war.

Jeff hob fragend die Augenbrauen. Doch im selben Moment verstand er: Pierre war schwul! Ein erleichtertes Lächeln trat auf sein Gesicht, was Michael mit einem Lachen quittierte.

„Ist das nicht ein Traum hier?", rief Nick und streckte sich.

„Und dann kennt Dina auch noch den Besitzer, wie praktisch."

„Pierre hat früher direkt neben uns gewohnt. Seine Eltern tun das noch heute … Er ist dann für die Ausbildung erst mal nach München gegangen. Hat da bei einem Sternegastronomen seine Ausbildung zum Restaurantfachmann gemacht und anschließend dieses nette Café hier übernommen, als der alte Pächter in Rente ging." Dina seufzte, als sie an ihre gemeinsame Kindheit mit Pierre dachte. „Als Kinder waren wir oft gemeinsam hier. In den Ferien waren meine Brüder und ich entweder bei unseren Großeltern in Irland oder hier mit Pierre und seiner kleinen Schwester im Camp. Sie heißt Liana und ist der einzige Werwolf, den ich kenne, der als Model Erfolg hat." Dina lachte. Als sie Jeffs fragenden Blick sah, fügte sie hinzu: „Die meisten weltweit erfolgreichen Model sind Feen, musst du wissen. Vampire hingegen arbeiten klassischerweise nachts – beispielsweise als Besitzer von Nachtclubs oder Bordellen. So hat fast jede Rasse der Zauberwesen im Laufe der Jahrzehnte seine eigene kleine Nische in der Menschenwelt gefunden."

Bevor Jeff fragen konnte, als was Werwölfe

normalerweise so arbeiteten, brachte Pierre auch schon ihre Drinks. Hinterhältige, fruchtige Leckereien auf Rum-Basis, wie Jeff ziemlich schnell feststellen musste.

Pierre gesellte sich für eine Weile zu ihnen und gab zusammen mit Dina Geschichten aus ihrer Kindheit zum Besten. Nach der zweiten Runde dieser Sundowner redeten Nick und Michael mit Pierre über Gott und die Welt.

Jeff stellte fest, dass er bereits ordentlich einen sitzen hatte.

„Sag mal, wie viel Rum ist denn da eigentlich drin?", fragte Jeff, als er das leere Glas hochhielt und es vor Pierre schwenkte.

Dieser zog nur vielsagend die Achseln hoch und meinte: „Selbstverständlich verrate ich dir das nicht. Das Rezept ist nämlich ein streng gehütetes Familienrezept von meiner Urgroßmutter."

„Eines von Granny Charlottes wohlgehüteten Geheimnissen", meinte Dina augenzwinkernd und erhob sich. „Na, ich habe jedenfalls genug davon für heute." Sie schwankte ein bisschen und musste sich zur Stabilisierung bei Nick festhalten, der neben ihr saß.

„Ich werde dich wohl besser begleiten", meinte Jeff lachend und stand ebenfalls auf.

„Wie Sie meinen, mein Herr", flötete Dina mit spitzen Lippen und machte einen Knicks vor Jeff.

Wohl, um zu beweisen, dass sie sehr wohl alleine klarkommen und nicht gleich hinter dem nächsten Baum umfallen würde. Jeff aber hielt ihr den rechten Arm hin, und sie hakte sich ein. Handküsse verteilend, verabschiedete sie sich von den Jungs und verließ gemeinsam mit Jeff das Lokal.

Eingehakt wie sie waren, gingen sie langsam durch den Wald zurück in Richtung des Stellplatzes, an dem sie ihr Zelt aufgeschlagen hatten. Durch den Wald führte ein schmaler Kiesweg, der von beiden Seiten mit Fackeln gesäumt war. Zwar waren es welche mit kleinen Solarzellen im Deckel und LED-Lichtern, aber nichtsdestotrotz schufen sie eine einigermaßen romantische Stimmung. Das fand jedenfalls Jeff.

„Pierre scheint echt nett zu sein", versuchte er das Gespräch wiederaufzunehmen, und ärgerte sich gleich im nächsten Moment über den lahmen Einstieg.

Doch Dina sprang darauf an. „Oh ja, er ist toll! Weißt du, er ist der erste Junge, den ich geküsst habe …?"

Jeff blickte sie erstaunt an.

„Es war, als würde ich einen meiner Brüder küssen", lachte Dina und zog bei der Erinnerung ihre Nase kraus. „Ein paar Jahre später dann hat er sich geoutet. Da waren wir Teenager. Das war leider keine einfache Zeit für ihn. Seine Eltern haben am Anfang nicht sonderlich positiv darauf reagiert. Und das in einer Stadt wie Hamburg. Kaum vorzustellen, oder?" Abrupt blieb sie stehen und blickte Jeff fragend an.

Dieser antwortete mechanisch mit „Ja" und starrte ganz gebannt in Dinas schönes Gesicht. Leicht gerötet von der Sonne und sanft angeschienen durch die LED-Fackeln.

Selbst in seinem alkoholgeschwängerten Zustand erkannte Jeff, dass dies eigentlich einen Widerspruch in sich ergeben müsste. Dem war aber nicht so. Jetzt in diesem Moment war sie für ihn einfach nur die schönste Frau auf Erden.

Er streckte die Hand nach ihrer aus, ergriff sie und versuchte, seine Gedanken irgendwie in sinnvolle Worte zu packen. Doch er fand sie nicht, daher stand er einfach nur da, hielt ihre Hand und blickte sie an.

Bis sich Dina abwandte und sie ihren Weg fortsetzten. Ließ dabei seine Hand allerdings nicht los.

„Hast du denn Geschwister, Jeff?"

„Ja, zwei ältere Schwestern. Ihr bin mir als Kind immer vorgekommen, als wäre ich nur eine weitere ihrer Puppen."

Dina kicherte. „Ich wollte auch immer eine Schwester haben. Aber ich hatte nur meine beiden großen Brüder – und Pierre."

Schweigend gingen sie den Rest des Weges nebeneinander her, bis sie den Platz erreichten, an dem Nicks Bus und das Zelt standen.

„Gute Nacht, Jeff." Dina hatte sich vor dem Bus nochmal zu ihm umgedreht.

„Gute Nacht!"

Mit diesen Worten nahm er ihre Hand, drückte einen sanften Kuss drauf und öffnete ihr die Bustür.

Er ließ Dina einsteigen und schloss die Tür hinter ihr wieder.

Als er in sein Zelt kletterte, dachte er noch, dass er Dina noch nie so offen und gesprächig wie heute erlebt hatte. Sonst war sie immer eher reserviert und professionell. So wie ein Operator, der einen neuen Werwolf die ersten Schritte in seinem neuen Leben zeigte, wohl sein sollte.

Heute aber waren sie sich auf einer ganz neuen Ebene etwas nähergekommen. Darüber freute er sich, denn es gefiel ihm, ihr zuzuhören.

Kapitel 12

Es war ihr letzter Abend im Camp. Am nächsten Tag würden sie wieder zurück in die Zivilisation fahren. Und am kommenden Wochenende würde sich Jeff zum zweiten Mal in dieses Monster verwandeln, das für den Rest seines Lebens ein Teil von ihm sein würde.

In den Dünen am Wattenmeer fühlte er sich frei. Seit gut einer Stunde saß er hier, starrte auf das Meer hinaus und beobachtete das Wasser dabei, wie es sich langsam wieder am Strand ausbreitete. Die Ebbe war vorbei, und langsam näherte sich das Meer wieder seinem Höchststand an.

Hier draußen, wo die Natur unbeirrt ihrem regelmäßigen Rhythmus folgte, war er wieder im Einklang mit sich. Hier fühlte er sich zum ersten Mal, seit er gebissen worden war, einigermaßen normal. Nicht, dass ihm die verrückte, neue Welt, in die er reingestolpert war und von der er früher nie geahnt hatte, nicht gefiel.

In Hamburg kam ihm das alles allerdings

manchmal so unwirklich vor. Der Werwolf-Tower, das Eingliederungsprogramm, sogar die Erinnerung an seine erste Verwandlung. Paradoxerweise kam ihm hier an seinem geliebten Meer und weit weg von der Zivilisation das alles um einiges realer vor.

Da raschelte es plötzlich hinter ihm, und schon ließ sich Dina neben ihm ins Gras der Dünen sinken. „Ist schön hier, gell?"

Er nickte nur.

„Ich fühle mich hier so frei wie sonst nirgendwo", fuhr sie fort. Sie nahm eine Handvoll Sand und ließ ihn durch ihre hohle Hand nach unten rieseln.

Jeff blickte sie an. Sie hatte ihre rotbraune Mähne zu einem Zopf gebunden, trug ein schwarzes Trägershirt und darüber eine knallpinke Strickjacke sowie einen ausgewaschenen Jeansrock. Ihre Haut schimmerte goldbraun im Schein der untergehenden Abendsonne.

Die Sonne und die Ruhe der letzten Tage

schien nicht nur ihm gutgetan zu haben. Dina war regelrecht aufgeblüht. *Wie eine Blume*, schoss es Jeff durch den Kopf. Sie musste gemerkt haben, dass er sie beobachtet hatte, denn sie blickte ihn lächelnd an.

„Fühlst du dich bereit für deine nächste Verwandlung?" Bei diesen Worten trat Sorge auf ihr fröhliches Gesicht, und sogleich fühlte Jeff das Verlangen, ihre Sorgen zu zerstreuen.

„Ich möchte im Augenblick noch nicht daran denken. Können wir es kurz genießen, einfach nur gemeinsam hier am Strand zu sitzen und dem Sonnenuntergang zuzuschauen?"

Dina nickte. In ihren grünen Augen erschien ein verträumtes Leuchten, als sie Jeff nochmals anlächelte.

„Natürlich."

Bevor sie den Kopf abwenden und wieder aufs Meer hinausblicken konnte, streckte Jeff die Hand aus und berührte sie vorsichtig an der Wange.

Einen Moment lang schien es, als wollte sich

Dina ihm entziehen. Dann blickte sie ihm tief in die Augen, während Jeff anfing, mit den Fingern die Konturen ihres Gesichtes nachzufahren. „Du bist so wunderschön! Weißt du das?"

Sie schloss die Augen und schmiegte ihr Gesicht in seine Hand. Dabei legte sie den Kopf schief, was Jeff ungehinderten Zugang zu ihrem Hals gewährte. Vorsichtig lehnte er sich vor und bedeckte ihn mit Küssen, während er ihren Duft einsog. Sie roch nach Sommer, Strand und Meer.

Sein Wolfsgehör verriet ihm, dass auch ihr Herz angefangen hatte, schneller zu schlagen. Ermutigt begann er seinen Weg von ihrem Hals in Richtung des Mundes fortzusetzen. Er küsste sie sanft auf die weiche Stelle unter ihrem Ohr, wobei ihr ein leises Stöhnen entwich.

Da öffnete sie ihre Augen wieder und sah ihn nochmal direkt an.

Jeff für seinen Teil konnte seinen Blick nur schwer von ihren vollen Lippen abwenden. Sie glänzten feucht und waren leicht geöffnet.

„Jeff …", war alles, was Dina herausbrachte,

bevor er ihren Mund mit seinem verschloss.

Sanft knabberte er an ihrer Oberlippe und öffnete mit seiner Zunge vollends ihre Lippen. Nun erwiderte sie den Kuss, was ihm einen wohligen Schauer den Rücken hinuntertrieb.

Atemlos ließ er nach ein paar Minuten von ihr ab und sah sie erneut aufmerksam an. Das grüne Schimmern ihrer Augen, die niedlichen Sommersprossen und ihr Mund. Voll, leicht gerötet und vor Speichel glänzend. Er hob nochmals die Hand und strich mit dem Daumen sanft über ihre Unterlippe.

„Das wollte ich schon so lange machen," raunte er ihr ins Ohr.

Sie schaute ihn kurz prüfend an. Schließlich seufzte sie genießerisch und schloss gleich wieder die Augen, als er den Druck seines Daumens auf ihre Unterlippe erhöhte. Stöhnend öffnete Dina den Mund ein kleines Stück, und Jeff küsste sie erneut - leidenschaftlicher diesmal.

Langsam wanderten seine Hände nach unten zu ihrem Shirt. Doch diesmal war Dina schneller. Sie zog seines nach oben, sodass er nochmals kurz von ihrem Mund ablassen musste, um es auszuziehen.

Sogleich wanderten Dinas Blick und ihre Hände über seinen muskulösen Oberkörper. Sie schien jeden Millimeter davon zu scannen, bis sie sich dem Bund seiner Hose näherte. Jeff spürte schon deutlich, wie seine Erektion von innen gegen die Jeans drückte.

Ihn nun wieder direkt ansehend, streifte Dina ihre Jacke ab und griff zum Saum ihres Shirts. In einer fließenden Bewegung zog sie es sich über den Kopf. So saß sie im BH vor ihm. Ihre vollen Brüste zum Greifen nahe.

Jeff breite sein Shirt auf dem Gras aus und deutete Dina an, sich draufzulegen. Dann beugte er sich über sie und widmete sich endlich ihren perfekten Brüsten. Er küsste die Hautstellen, die aus dem BH heraus blitzten, und schob ihn langsam nach unten. Sanft liebkoste er sie und knabberte an ihren Nippeln, bis Dina lauter zu stöhnen begann.

Dann wanderte er, ihren Körper mit hauchzarten Küssen bedeckend, wieder nach oben zu ihrem Mund und küsste diesen leidenschaftlich. Dabei stützte er sich mit seinem rechten Arm neben ihr im Gras ab. Vorsichtig nahm er einen ihrer Nippel zwischen Daumen und Zeigefinger und begann leicht, mit ihm zu spielen. Dina keuchte unter seinen Küssen, bog den Rücken durch und drängte sich ihm entgegen. Angestachelt von ihrer Leidenschaft, wanderte Jeffs Hand vorsichtig nach unten, bis er den Saum ihres Rockes erreichte. Langsam zog er ihn nach oben und fuhr sanft mit dem Finger über den Stoff ihres Höschens. Zufrieden stellte er fest, dass er bereits feucht war. Dina stöhnte erneut, als er den Stoff beiseiteschob und mit einem Finger vorsichtig in sie eindrang.

Da hörte er auf, sie zu küssen, und blickte ihr einen Augenblick lang tief in die Augen. Was er sah, erregte ihn noch mehr. Dina schien vor Verlangen nur so zu brennen. Als würde ihr die Pause schon viel zu lange dauern, legte sie ihre

Hand auf seine und bewegte sie hin und her, so, dass sein Finger wieder sanft in ihr auf- und abglitt.

Als er einen zweiten Finger mit dazu nahm, warf sie stöhnend die Hände über den Kopf, krallte sich im Schilfgras fest und bog sich ihm erneut entgegen. Den einen Finger bewegte er nun rhythmisch in ihr auf und ab, während er mit dem anderen sanft ihre Klitoris massierte. Immer schneller hob ihm Dina ihre Hüfte entgegen und drückte sich gegen seine Hand.

Kurz bevor sie zum Höhepunkt kam, streifte er seine Hose ab und holte ein Kondom aus seiner Tasche. Nachdem er es über seine Erektion gestreift hatte, kletterte er auf sie und umfasste vorsichtig ihren Kopf, damit dieser nicht mehr auf dem piksigen Gras ruhte. Nach einem weiteren tiefen Blick in ihre wunderschönen Augen drang er langsam und vorsichtig in sie ein. Bis er ihre heiße Feuchte voll und ganz ausfüllte.

Mit einem kehligen Stöhnen streckte Dina erneut die Arme nach oben aus, schob ihr Becken nach vorn und krallte sich im Gras fest. Jeff genoss kurz diesen Anblick, der sich ihm bot. Ihre genießerisch geschlossenen Augen, den von seinen Küssen geschwollenen Lippen und die wunderbaren Brüste, nur halb von schwarzer Spitze bedeckt. Langsam wanderte er mit der Hand ihren Hals entlang nach unten und spielte kurz mit ihren Brustwarzen. Anschließend umfasste er mit beiden Händen ihren Po und küsste sie, während er sich aus ihr zurückzog, nur um sich gleich darauf wieder in sie hineinzustoßen.

Dina schrie unter seinen Küssen laut auf, als sie kam. Gefolgt von Jeff, der stöhnend auf ihr zusammenbrach.

Dann ließ er sich neben sie ins Gras sinken, zog seine Hose hoch und sah sie einen Moment lang stumm an. Dina zog ihren Rock wieder nach unten und drehte sich ebenfalls zur Seite, um ihn anschauen zu können.

„Wolltest du das auch schon lange machen?", fragte sie ihn, während sie eine Hand ausstreckte und langsam durch sein dichtes, schwarzes Haar fuhr.

„O ja!", erwiderte er mit so viel Nachdruck, dass sie lachen musste. Er streichelte die Grübchen, die sich beim dabei um ihren Mund bildeten. „Du bist so wunderschön."

„Das hast du vorhin schon gesagt", erwiderte Dina keck und fügte hinzu: „Und du bist doch ziemlich heiß, muss ich sagen."

Fragend hob er die Augenbrauen, bohrte aber nicht weiter nach, um den Zauber dieses Moments nicht zu zerstören.

Auch Dina schien das Thema nicht weiter vertiefen zu wollen, daher meinte Jeff nach einem erneuten Augenblick des Schweigens: „Du hast mich vorhin gefragt, ob ich mich bereit für meine nächste Verwandlung fühle."

Dina nickte und blickte ihn aufmerksam an.

„Wenn ich ehrlich bin … noch nicht so ganz."

Dina stutzte. „Warum das denn? Du hast viel gelernt und geübt in den letzten Wochen. Meiner Meinung nach bist du so bereit, wie ein Werwolf vor seiner zweiten Verwandlung nur sein kann."

Jeff griff nach ihrer Hand. „Irgendwie macht es mir trotzdem Angst. Ich denke, ich würde mich besser fühlen, wenn ich das nicht alleine durchmachen müsste. Könnten wir den Abend denn nicht gemeinsam verbringen? Du verwandelst dich doch auch, oder?"

Dina nickte zögerlich und schaute ihn eine Weile nachdenklich an. „Wenn du das möchtest, unterstütze ich dich gerne, in dem wir uns an diesem Abend gemeinsam verwandeln. Das birgt aber auch Gefahren, musst du wissen. Wir können ganz schön bösartig werden, wenn wir unsere Werwolf-Gestalt annehmen, weißt du?"

„Sag mir, wie wir das machen können, ohne uns gegenseitig in Gefahr zu bringen", ermutigte Jeff sie und sah sie mit einem Blick an, von dem er hoffte, es wäre sein Überzeugungsgesicht.

Es schien seinen Zweck zu erfüllen, denn Dina konnte ihr Schmunzeln kaum unterdrücken und erwiderte: „Also, als Erstes müssen wir langsam mal zu Nick und Michael zurückgehen. Damit die beiden nicht denken, wir wären schon ohne sie abgereist."

Dabei stand sie auf und klopfte sich den Sand von der Kleidung. Jeff tat es ihr gleich.

„Dann müssen wir dein Verwandlungszimmer noch ein bisschen optimieren. Aber das schaffen wir schon die nächsten Tage. Das sollte also kein Problem sein", meinte sie augenzwinkernd.

„Also hilfst du mir und bleibst an dem Abend bei mir?", fragte Jeff nochmal.

Dina nickte.

„Danke!", murmelte Jeff und wollte sich zu ihr runter beugen, um sie zu küssen.

Sie aber legte ihm den Finger auf den Mund und schüttelte den Kopf.

„Mir wäre es lieber, wenn das zwischen uns vorerst unter uns bleibt", meinte sie mit einem vielsagenden Blick auf das plattgedrückte Gras unter ihren Füßen.

„Okay", erwiderte Jeff, nicht sicher, ob er sich gerade zum One-Night-Stand hatte machen lassen.

Kapitel 13

Als Dina am Samstagabend an Jeffs Wohnungstür klingelte, war sein Verwandlungszimmer fast nicht mehr wiederzuerkennen.

In den letzten drei Tagen waren jede Menge Handwerker bei ihm ein- und ausgegangen, die Dina zum Herrichten von Jeffs Verwandlungszimmer einbestellt hatte. Zwei Tage lang hatten sie alles Mögliche in sein ehemaliges Gästezimmer geschleppt. Diese Schallschutz-Matten, die aussahen wie Eierbecher, schwere Eisenketten, Bolzen und Matratzen. Nun sah der Raum in etwa aus wie eine Arrestzelle in einem Hochsicherheitsgefängnis, fand Jeff. Erstaunlicherweise gefiel ihm der Gedanke.

Beim zweiten Klingeln eilte Jeff aus dem Bad zur Wohnungstür. Das Handtuch, mit dem er seine Haare trockenrubbeln wollte, noch in der Hand.

Er öffnete die Tür und blickte in Dinas fröhlich grinsendes Gesicht. Für einen Moment weiteten sich ihre Augen, als ihr Blick über seinen nackten Oberkörper und seine, vom Handtuch zerzausten Haare glitt.

Jeff genoss es kurz, ihren Blick über seinen Oberkörper wandern zu spüren, und trat dann breit lächelnd zur Seite.

„Entschuldige, ich war gerade noch in der Dusche. Die Handwerker sind erst vor einer knappen Stunde mit dem Verwandlungszimmer fertig geworden, und dann musste ich noch etwas aufräumen. Bitte setz dich doch schon mal ins Wohnzimmer. Ich komme gleich."

Dina nickte und verschwand mit all ihren Taschen im Wohnzimmer.

Dass diese Frau immer so viel Zeug mit sich herumträgt, dachte Jeff kopfschüttelnd, als er das nasse Handtuch zurück ins Bad brachte und sich ein T-Shirt überzog.

Wieder im Wohnzimmer, erklärte er Dina, dass er für sie beide Steaks mit Kartoffeln und grünem Spargel vom Grill als Abendessen geplant hatte.

„Außer, du bist Vegetarierin.", witzelte er.

„Dann müsste ich mir noch schnell noch was einfallen lassen."

Dina folgte ihm lachend in die Küche. „Also, ich wüsste nicht, dass es einen einzigen Werwolf gibt, der Vegetarier ist. Außer Masochisten, natürlich, die Spaß daran haben, ihren Werwolf-Magen mit fleischloser Ernährung zu quälen." Sie schüttelte angewidert den Kopf und fing an, eine ihrer Taschen auf seinem kleinen Küchentisch auszupacken. „Also, ich habe Gin mitgebracht. Der ist aus Irland, den *musst* du probieren. Und Tonic Water und Chips. Hast du Eiswürfel?"

„Habe ich. Ich habe sogar einen dieser mega praktischen Eiswürfel-Spender am Kühlschrank. Schau mal …"

So werkelten sie gemeinsam in der Küche und tranken Gin Tonic, bis das Abendessen fertig war.

„Also, nachdem das hier heute Abend wohl eher kein Date werden wird, habe ich mal die Kerzen im Schrank gelassen und mir überlegt, dass wir ja Fußball schauen könnten." Jeff nippte an seinem Glas und sah Dina herausfordernd an.

„Oh nein, ich denke nicht, dass wir Fußball schauen werden!" Sie schüttelte lachend den Kopf.

„Ich habe vorsorglich den neuesten Film von Quentin Tarantino eingepackt", meinte sie, griff nach der Schale mit den Kartoffeln und verließ die Küche, bevor Jeff etwas erwidern konnte.

Ebenfalls lachend folgte er ihr ins Wohnzimmer. Dort stand sie schon und hielt ihm die DVD hin. Er nahm sie entgegen und dachte sich einmal mehr, dass diese Frau möglicherweise die Richtige sein könnte.

Die folgenden beiden Stunden verbrachten Dina und Jeff gemütlich vor dem Fernseher. Wobei Jeff das Gefühl nicht loswurde, dass Dina sorgsam darauf achtete, immer etwas Abstand zwischen ihnen beiden zu halten.

Er fragte sich, ob sie wirklich nur schüchtern war – oder sich schlicht und ergreifend nicht mehr mit ihm vorstellen konnte, als sie bereits am Meer hatten. Er für seinen Teil würde jedenfalls liebend gern auch noch den Rest ihres wundervollen Körpers erkunden.

Nach dem Film tranken sie zunächst beide eine doppelte Dosis des ekelhaften Wolfkraut-Gebräus und fingen an, es sich im Verwandlungszimmer gemütlich einzurichten.

Na ja, so gemütlich, wie es eben ging.

Dina schärfte ihm ein, immer darauf zu achten, keine spitzen oder anderweitig gefährlichen Gegenstände mit in den Raum zu nehmen, wenn er sich darin einschloss.

„Also keine Glasflaschen, Porzellan … oder was man sonst noch leicht als Waffe gebrauchen kann", meinte sie und hielt die Plastikflasche hoch. „Wasser ist grundsätzlich sehr wichtig. Du brauchst es vor allem, um nach der Verwandlung wieder auf die Beine zu kommen. Daher solltest du dir immer ein, zwei Plastikflaschen mitnehmen. Damit kann man sich wenigstens nicht schneiden."

So sperrte Jeff sie beide in dem Raum ein, versteckte den Schlüssel in dem dafür vorgesehenen Kästchen über der Tür und dimmte das Licht.

Dann ließ er sich auf die Kissen fallen, die mitten im Raum aufgetürmt lagen, und klopfte neben sich, um Dina zu bedeuten, dass sie es ihm gleich tun sollte.

„Du brauchst es dir noch gar nicht so gemütlich zu machen, Jeff!", lachte Dina. „Erst müssen wir uns sichern."

Stöhnend stand er wieder auf und fing an, die Ketten an seinen Armen und Beinen zu befestigen.

Dina beobachtete ihn aufmerksam und half ihm mit den Verschlüssen. Als er fertig war, überprüfte sie sie nochmals eingehend.

„Das solltest du am besten vor der nächsten Verwandlung üben, damit du das auch alleine kannst", meinte sie, als sie schließlich sich selbst in Ketten legte.

„Ich dachte, wir verwandeln uns ab sofort immer gemeinsam", neckte Jeff sie. „Du bist doch meine persönliche Betreuerin und musst dich bestmöglich um mich kümmern."

Doch sie ging nicht weiter auf seine

Anspielung ein und erklärte ihm stattdessen, wie wichtig eine ausreichende Sicherung für ihn und seine Nachbarschaft war.

Nicht selten war in den letzten Jahren die Polizei gerufen worden, weil ein sich verwandelnder Wolf lautstark seine ganze Wohnung auf den Kopf stellte.

Mit diesen Worten ließ sie sich auf die Kissen nieder. Jeff streckte sich direkt vor ihr aus, sodass etwa zwei Handbreit Luft zwischen ihnen war.

Er musterte sie einen Moment lang aufmerksam und fragte dann. „Wovor hast du denn Angst?"

Dina stutzte und überlegte einen Augenblick. „Als dein Operator muss ich mich dir gegenüber wie ein Vorbild verhalten. Ich bin der Wolf, der dir beibringen muss, mit dem Wolfsleben klarzukommen."

„Nein, das meine ich nicht", erwiderte Jeff.

„Das ich dein Operator bin, spielt aber eine größere Rolle, als zu denkst. Ich muss dir beibringen, wie es ist, ein Leben als Werwolf zu führen. Zu viel Nähe gehört da eigentlich nicht dazu. Außerdem sind Beziehungen zwischen Werwölfen allgemein nicht ganz einfach. Die Verwandlungen sind da nur ein Grund von vielen. Auch wenn uns das Wolfskraut in dieser hohen Dosierung, wie wir es gerade genommen haben, so ziemlich außer Gefecht setzen wird, schlagen wir während der Verwandlung doch ordentlich um uns."

Jeff merkte langsam die Wirkung des Wolfskrauts. Hoch dosiert machte es tatsächlich ziemlich schnell müde.

„Aber was ist, wenn du dich verliebst? Dann doch lieber in einen Werwolf als ein anderes Zauberwesen oder einen Menschen, oder?", fragte er noch, als ihm schon die Augen zufielen.

Er spürte gerade noch, dass Dina ihm sanft eine Strähne seines Haares aus der Stirn strich, dann war er auch schon eingeschlafen.

„Dann kann ich nur hoffen, dass ich dich nicht aus Versehen umbringe", murmelte sie noch und war dann ebenfalls eingeschlafen.

***

Jeff erwachte mit dröhnendem Kopf. Er fühlte sich, als hätte er die ganze Nacht über gesoffen, und außerdem schien sein linker Arm eingeschlafen zu sein.

Als er mühsam die Augen öffnete, sah er, dass er Dina im Arm hielt. Ihr Gesicht war seinem zugewandt und sie schien noch friedlich zu schlafen. Da entdeckte er einen kleinen Kratzer an ihrer Wange.

War ich das?, schoss es ihm durch den Kopf.

Behutsam streckte er die Hand aus und strich mit dem Finger sanft über den Kratzer. Bei der Berührung schlug Dina die Augen auf und lächelte ihn verschlafen an.

„Guten Morgen", sagte er.

„Guten Morgen", erwiderte sie und musste gähnen.

„Du hast einen Kratzer im Gesicht!"

Meergrüne Augen blickten ihn fragend an. „Ist

er groß?"

„Nein, ist nur ein kleiner. Mit ein bisschen Wund- und Heilsalbe wird es sicher bald wieder." Er gab ihr einen Kuss auf die Stirn und stellte erfreut fest, dass Dina nicht zurückwich. „Hast du Durst?"

Als sie nickte und sich aufsetzte, setzte er sich ebenfalls auf und gab ihr eine der beiden Wasserflaschen, die neben ihm auf dem Boden lagen.

Dabei fiel sein Blick auf das Chaos um sie herum.

Ein Großteil der Decken und Kissen um sie herum war vollkommen zerfetzt.

„Oje, wir haben hier ja ganz schön gewütet," meinte er augenzwinkernd.

Dina sah sich um und nickte, wobei sich ein schelmisches Glitzern in ihre Augen schlich. „Ja, sieht ganz so aus."

Jeff stellte seine Wasserflasche beiseite, beugte sich vor und umfasste Dinas Gesicht mit seiner Hand. „Sogar am Morgen nach einer

Verwandlung siehst du noch wunderschön aus",
flüsterte er und küsste sie sanft.

Nach ein paar Sekunden des Zögerns erwiderte
sie den Kuss. Jeff genoss diesen Moment einige
Atemzüge lang, löste sich dann von ihr und
begann, ihre Ketten zu öffnen. Als er fertig war,
öffnete sie seine.

Anschließend küsste er sie nochmals. Nicht
mehr so zögerlich wie zuvor, dafür aber
leidenschaftlicher und fordernder.

Dina stieß ein wohliges Stöhnen aus und
presste sich etwas näher ihn.

Jeff unterbrach den Kuss sanft, hob sie hoch
und trug sie hinüber in sein Schlafzimmer. Dort
angekommen stellte er sie vor dem Bett auf den
Boden und umfasste ihren Kopf mit beiden
Händen.

Erst sah er ihr lange in die Augen, bevor er sie
erneut küsste und seine Hände in ihren Haaren
vergrub. Als Dinas Lippen immer fordernder
wurden, an seinen saugten und er vor Lust zu
stöhnen begann, presste er sie dicht an sich.

Wanderte dann mit einer Hand hinunter zu ihrem schönen runden Hintern und streichelte diesen.

Dina drängte ihre Hüfte an seine und zog sein Gesicht noch etwas näher zu sich herunter.

Als Jeff schon fast keine Luft mehr bekam, nahm er seine Lippen von den ihren und stand einen Moment schwer atmend vor ihr.

Dinas Mund war bereits leicht gerötet, was ihn unglaublich anmachte.

Mit einem schelmischen Grinsen im Gesicht löste er sich erneut von ihr und schubste sie aufs Bett. Lachend griff Dina im Fallen nach Jeffs Arm und zog ihn auch mit hinunter auf die weichen Laken.

„Du bist ganz schön frech, weißt du das?", neckte Jeff Dina und knabberte sanft an ihrer Lippe.

Dann kuschelte er sich neben sie, zeichnete mit dem Finger ihre Wangen nach und wickelte sich eine Locke ihres Haares um den Finger.

So lagen sie eine Weile, ohne ein Wort zu sagen, da und sahen sich einfach nur an.

Bis Dina nun ihrerseits damit begann, seinen Körper zu erkunden, ihn zu streicheln. Dann kletterte sie plötzlich auf ihn, presste ihren Körper an Jeff's und küsste ihn. Stürmisch und fordernd, als hätte Jeff einen schlafenden Vulkan geweckt.

Als Jeff schon meinte, er würde gleich platzen vor Lust, drehte er sich leicht zur Seite und schob Dina sanft von sich herunter. Sie gab einen grummeligen Laut der Beschwerde von sich, war aber doch so müde, dass sie sich gleich wieder in seine Arme kuschelte. Jeff hielt sie mit seinen Armen fest umschlungen.

„Ich möchte nichts überstürzen, Dina. Verstehst du das? Schließlich sind wir beide gerade ziemlich geschlaucht und durch den Wind von unserer Verwandlung in der letzten Nacht."

Schlaftrunken rutschte sie etwas von ihm weg, sodass sie ihm ins Gesicht sehen konnte, und sah ihn fragend an.

„Du bist mir wirklich wichtig und ich möchte die Situation heute nicht ausnutzen, schließlich bist du zu mir gekommen, um mir die zweite Verwandlung etwas erträglicher zu machen." Er küsste sie sanft auf die Haare. „Obwohl du schon sehr bereitwillig mit in mein Bett gekommen bist … Das muss ich schon sagen."

Dina boxte ihn leicht in die Seite. Da hielt Jeff ihre Arme fest und küsste sie erneut. Als er die Augen wieder öffnete, merkte er, dass Dina ihre fast nicht mehr aufbekam.

So strich er ihr sanft eine ihrer schönen Locken aus dem Gesicht, legte sich neben sie und hörte zu, wie ihr Atem bald gleichmäßiger wurde.

Sie war eingeschlafen. *In meinem Bett*, dachte Jeff.

Ihre Müdigkeit und die seltsame Stimmung, in der sie beide sich nach den Strapazen der letzten Nacht befanden auszunutzen, war Jeff nicht richtig erschienen. Sie sollte ihn genauso wollen, wie er sie. *An der Nordsee war das etwas anderes*, entschied Jeff für sich. Daher rückte er noch etwas näher an sie heran und war im nächsten Augenblick selbst eingeschlafen.

Kapitel 14

Als Jeff erneut wach wurde, schien draußen bereits die Sonne vom wolkenlosen Himmel. Da er, als sie in den Morgenstunden in sein Bett umgezogen waren, vergessen hatte, die Jalousien zu schließen, knallte das helle Licht der Sonne nun direkt auf die weißen Laken.

Jeff blinzelte ins grelle Sonnenlicht. Anschließend wollte er sich gerade müde strecken, da bemerkte er, dass er seinen linken Arm nicht bewegen konnte. Diesen musste er wohl beim Einschlafen um Dina gelegt haben. Jedenfalls lag sie nun drauf und räkelte sich schläfrig und wunderschön an seiner Seite.

Jeff ließ seinen Blick über ihr Gesicht wandern und stellte überrascht fest, dass er sich an den Gedanken gewöhnen konnte, jeden Tag neben ihr aufzuwachen. Dieser Gedanke ließ ihn unwillkürlich lächeln.

In diesem Moment bewegte sich Dina. Streckte sich wie eine Katze und schlug die Augen auf. Sie schien überrascht, Jeff neben sich zu sehen. Verwirrt schreckte sie auf und blickte sich um.

Dann ließ sie sich mit einem wohligen Seufzer wieder auf die Kissen sinken. „Wie sind wir denn hier gelandet?" Sie blickte Jeff aus ihren großen, grünen Augen fragend an.

Unwillkürlich streckte er die Hand aus, um ihr eine Strähne aus dem Gesicht zu streichen. Zuerst schien es, als würde Dina zurückweichen, doch dann ließ sie ihn gewähren.

„Ich habe dich, als wir heute früh nach der Verwandlung wach geworden sind, herübergetragen. Kannst du dich denn nicht daran erinnern?"

Dina schüttelte den Kopf und machte plötzlich große Augen.

„Haben wir denn …?" Offenbar peinlich berührt, brach sie ab und senkte den Blick in Richtung der Beule, die sich auf Jeffs Seite der Decke abzeichnete. Jeff konnte sich ein Grinsen nicht verkneifen.

„Kannst wohl nicht genug von mir kriegen,

oder?", neckte er sie.

„Ja, nein … also, vielleicht?"

Ihr verwirrtes Lächeln brachte Jeff erneut zum Lachen.

Er umfasste ihren Kopf mit beiden Händen und drückte ihr einen Kuss auf die Stirn. „Glaube mir, du könntest dich daran erinnern! Schließlich hast du unser erstes Mal am Strand ja sicher auch nicht vergessen, oder?"

„Du Schuft!", rief Dina. Über so viel männliches Selbstbewusstsein konnte sie nur lachen und in gespielter Verzweiflung den Kopf schütteln.

„Würdest du mir denn einen Gefallen tun?", platzte es da aus ihm heraus.

„Welchen denn?"

Jeff konnte an Dinas skeptischem Blick förmlich sehen, was sie dachte, und musste erneut schmunzeln. „Geh mit mir brunchen!"

Nun war Dina es, die lachen musste. „Du willst mit mir brunchen gehen?"

Jeff nickte.

„Warum das denn?"

„Du hast mir in letzten Wochen deine – also, meine neue – Welt gezeigt. Jetzt würde ich dir gerne zeigen, was normale Menschen an einem so sonnigen Sonntag wie heute gern machen."

Dina blickte ihn aufmerksam an, kräuselte dabei beim Denken leicht die Stirn. „Warum möchtest du das denn tun?"

Weil ich mich gerade Hals über Kopf in dich verliebe und daher gerne so viel Zeit wie möglich mit dir verbringen möchte, war das Erste, was Jeff durch den Kopf schoss. Da er sich aber noch nicht sicher war, ob sie genauso empfand, beschloss er, erst mal behutsam vorzugehen.

„Weil du mir wichtig bist und ich dir gerne zeigen möchte, aus welcher Welt ich komme", meinte er ernst.

„Okay!" Dina nickte langsam. „Dann lass uns Brunchen gehen."

Freudig sprang Jeff aus dem Bett. „Super! Magst du zuerst duschen gehen? Ich mach uns in der Zwischenzeit schon mal Kaffee."

Eine halbe Stunde später standen die beiden unten vor Jeffs Haus, und Jeff reichte Dina einen Motorradhelm.

„Oh nein, nein! Vergiss es," rief sie und schüttelte vehement den Kopf.

„Ich dachte, du bist ein gebürtiger Werwolf? Also sei gefälligst nicht so ein Angsthase!", zog er sie auf und drückte ihr den Helm in die Hand.

„Aber nur unter Protest", erwiderte sie lachend und zog ihn sich über.

„Wird im Protokoll vermerkt. Und jetzt steig auf!", befahl er ihr.

Wobei Dina erst kurz salutierte und sich dann hinter Jeff auf die Maschine schwang. So brausten sie einige Minuten durch Hamburg, bis sie an einem Café ankamen, in dem Jeff vor Jahren mal regelmäßig gewesen war. Vor seiner Zeit auf See, als er noch ein einigermaßen geregeltes Leben geführt hatte.

Er parkte am Straßenrand und ließ Dina absteigen. Dann kletterte er selbst vom Bike und nahm seinen Helm ab. Dina zog sich ihren vom

Kopf, was dazu führte, dass ihre Haare in alle Himmelsrichtungen abstanden.

Jeff musste lachen und zupfte ihr dann ein paar Strähnchen zurecht, während sie ihn fragend musterte. „Wie du schon wieder aussiehst. So kann ich mich doch nicht in der Öffentlichkeit mit dir sehen lassen."

„Kann ja leider nicht jeder eine Frisur haben, die auch noch im verwuschelten Zustand zum Niederknien aussieht." Wie zur Bestätigung wuschelte sie ihm schnell durchs Haar. Jeff lachte, nahm sie an der Hand und zog sie mit sich ins Café.

Es dauerte gut eine dreiviertel Stunde, bis sie es geschafft hatten, ein einigermaßen kohlenhydratfreies Frühstück zu bestellen.

Keine Pancakes. Sehr schade. Aber Jeff wollte auf jeden Fall verhindern, dass es ihm heute genauso ging, würde wie letztens mit der Pizza.

So saßen sie gemütlich nebeneinander auf der Veranda und genossen ihr Frühstück. Anfang Juni war die Sonne nun endlich wieder stark genug, um auch in weiblicher Begleitung draußen sitzen zu können. Darüber freute sich Jeff, der schon immer gern an der frischen Luft gewesen war.

Er erzählte Dina ein bisschen von seinem Job auf See und schwärmte von den vielen fremden Städten, in denen sie schon eingelaufen waren.

„Es fehlt dir, oder?"

Jeff stutzte. Erst jetzt, wo Dina es ansprach, fiel ihm auf, dass er in den letzten Wochen selten an sein Schiff gedacht hatte. „Sollte es eigentlich, oder? Ich war wohl zu beschäftigt damit, dir den Hof zu machen, um an meinen Job zu denken." Jeff zwinkerte Dina zu.

Diese wiederum sah ihn einfach nur lächelnd an. „Den Hof machen nennst du das? Hinterherlaufen trifft es wohl eher."

Mit gespielter Entrüstung riss er die Augen auf. „Wie bitte?! Hinterherlaufen? Darf ich dich dran erinnern, wer vor ein paar Tagen plötzlich vor wessen Tür stand …"

Lachend hob Dina die Hände. „Schuldig im Sinne der Anklage."

Als Entschädigung stibitzte Jeff das letzte Würstchen von Dinas Teller und schob es sich genüsslich in den Mund.

Am Tisch neben ihnen entstand plötzlich Unruhe. Eine große, blonde Frau stand ruckartig auf, ein volles Glas in der Hand.

„Du elendiges Schwein!", schrie sie und kippte es dem Mann, der noch am Tisch saß, ins Gesicht. Dann drehte sie sich auf dem Absatz um und stolzierte auf ihren hohen Hacken davon.

Dina fiel vor Erstaunen die Kinnlade herunter, und Jeff konnte sich nur mühsam ein Lachen verkneifen. Also rief er schnellstmöglich nach der Bedienung und zahlte.

Als sie sich schließlich einige Meter von dem Café entfernt hatten, brachen sie beide in schallendes Gelächter aus. Noch immer lachend, hakte sich Dina bei Jeff ein, und sie marschierten gemeinsam hinunter zu den Landungsbrücken.

„Das war es also, das plötzliche Ende einer Beziehung", meinte Dina immer noch kichernd und lehnte sich gegen die Brüstung. „Machen

Menschen das immer so?"

„Manchmal ist ein Ende mit Schrecken wohl besser, als ein Schrecken ohne Ende", erwiderte Jeff zwinkernd und genoss den Blick auf den Hamburger Hafen. Die Sonne stand hoch an einem strahlendblauen Himmel und spiegelte sich im Wasser.

Perfektes Ausflugswetter, dachte Jeff. Den Menschen, die sich um Dina und ihn herum schoben nach zu urteilen, war er offensichtlich nicht als Einziger auf diese Idee gekommen.

Über dem allgemeinen Stimmengewirr hörte man vereinzelte Rufe von Männern, die Rundfahrten durch die Kanäle der Hansestadt anboten.

Jeff drehte sich wieder zu Dina um.

Ihre Haare wehten im Wind umher, sodass sie wie eine fluffige rotbraune Wolke wirkten.

Er hob die Hände und strich ihr vorsichtig die Haare aus dem Gesicht, dann blickte er ihr direkt in die Augen. Meergrün und tief, wie sie waren. Sein Blick wanderte hinunter zu ihren Lippen.

Dina knabberte leicht auf ihrer Unterlippe und öffnete dann den Mund etwas. So als würde sie darauf warten, dass Jeff sie küsste.

Sein Herz machte einen Satz. Dann zog er ihren Kopf zu sich heran und küsste sie leidenschaftlich.

Atemlos lösten sie sich nach einer gefühlten Ewigkeit voneinander. Schwer atmend lehnte Dina an der Brüstung und ihre Augen funkelten verräterisch.

Unwillkürlich strich sie sich mit dem Finger über die Lippe und blickte Jeff an.

Genau in diesem Moment hätte Jeff sonst was gegeben, um zu erfahren, was sie dachte.

„Dina? Ich habe eine Frage", holte er schließlich zögernd aus. Er musste es einfach wissen – auch wenn das bedeutete, alles auf eine einzige Karte zu setzen. „Könntest du dir mehr mit mir vorstellen? Jeden Morgen gemeinsam aufzuwachen, zum Beispiel?" Jeff blickte sie aufmerksam an. „Also, eine richtige Beziehung, meine ich. Im Gegensatz zu was auch immer das ist, was wir hier gerade haben." Er machte eine unbestimmte, wischende Bewegung mit der Hand.

Bei seinen Worten war ein kurzer Schatten über Dinas Gesicht gehuscht. Nun nahm sie seine Hand. „Die Frage ist leider nicht so einfach zu beantworten, Jeff. Ich bin dein Operator und ich bin für dich verantwortlich. Daher muss ich bestimmte Regeln befolgen… die eine Beziehung leider ausschließen."

„Ich finde, dass die Frage sehr wohl so einfach zu beantworten ist!" Jeff strich sich mit der Hand durchs Haar.

„Ich habe mich in dich verliebt, Dina. Und wenn es dir genauso geht, finden wir einen Weg." Er brach abrupt ab, als er merkte, was er gerade gesagt hatte.

Dina gab ihm einen flüchtigen Kuss und meinte: „Glaub mir, du bist ebenfalls sehr wichtig für mich geworden, Jeff. Also, gib mir bitte ein bisschen Zeit. Ich muss erst ein paar Dinge klären und für uns regeln. Bevor es mehr werden kann … Mehr, als es eh schon ist.

Einverstanden?"

Jeff nickte und streckte Dina seine Hand hin. Als sie sie ergriff, drückte er einen sanften Kuss auf ihren Handrücken. Dann führte er sie zu einem der Schalter, an denen man Karten für eine der Rundfahrten durch die Kanäle kaufen konnte.

***

Nach einer gemütlichen Fahrt durch die kleinen Wasserwege Hamburgs fuhr Jeff Dina mit seinem Motorrad nach Hause.

„Danke für den schönen Tag", murmelte Dina, als sie Jeff den Helm zurückgab. „Es hat wirklich viel Spaß gemacht, mal Sachen zu machen, die normale Menschen so tun. Und soll ich dir was verraten?", sie zwinkerte ihm zu, „sie unterscheiden sich gar nicht so sehr von dem, was wir Werwölfe so tun."

„Du hast mich durchschaut … ich gebe es ja zu, dass ich einfach nur nach einem Vorwand gesucht habe, Zeit mit dir alleine zu verbringen." Jeff musste schmunzeln. „Aber gerne geschehen. Sehen wir uns denn nächste Woche?"

„Ich denke schon." Dina nickte, verabschiedete sich mit einem schnellen Kuss auf die Wange von ihm und ging über den gepflegten Kiesweg auf das große Stadthaus ihrer Eltern zu.

Jeff sah ihr nach, bis sie die schwere, grüne Tür hinter sich geschlossen hatte. Dann schwang er sich auf seine Maschine und fuhr nach Hause. Ohne die spektakuläre Aussicht auf den Hafen, die sich ihm vor dem Haus der MacDougals bot, auch nur im Geringsten zu beachten.

Kapitel 15

Nach einer Verwandlung sollten bei neuen Werwölfen mindestens zwei volle Tage zur Regeneration eingehalten werden. Nachdem er sich am Samstagabend verwandelt hatte, hatte Jeff folglich auch noch den Montag frei.

Dennoch wachte er am Montagmorgen beim ersten Sonnenstrahl auf und wusste zum ersten Mal seit geraumer Zeit, nichts wirklich mit sich anzufangen.

Von Dina würde er heute wohl eher nichts hören. Sie hatte ihn ja gestern um etwas Zeit zum Nachdenken – oder was auch immer sie genau vor hatte – gebeten. Außerdem musste sie ja heute arbeiten.

Nachdem er nicht schon wieder einen Tag in der Wohnung oder im Fitnessstudio vertun wollte, beschloss er spontan nochmal ans Meer zu fahren. *Ich könnte ja zu dem Werwolf-Strand fahren, an dem wir letzte Woche gewesen waren*, überlegte er.

Irgendwie gefiel ihm der Gedanke. So hob er

mit Schwung seine Beine aus dem Bett und marschierte ins Bad.

In null Komma nichts war Jeff fertig und saß auf seinem Motorrad, Handtuch und Badehose in dem kleinen Fach unter dem Sattel verstaut. Mehr brauchte ein Mann ja nicht für einen Tag am Strand.

Schmunzelnd musste er daran denken, wie Michael geflucht hatte, als er versucht hatte, seine kleine Reisetasche zwischen all den Beuteln, Tüten und Taschen von Dina zu finden.

Doch dann wischte er den Gedanken an Dina beiseite und nahm sich vor, an diesem Tag nicht andauernd an sie zu denken. Sie wollte ein wenig Abstand, also gönnte er sich heute mal einen Tag ohne ständige Grübeleien über sie.

So schwang er sich auf seine Harley und fuhr los in Richtung Strand. Unterwegs entschied er, nicht wie Nick die Autobahn zu nutzen, sondern auf die kleineren Landstraßen auszuweichen.

Er war sein Motorrad schon lange nicht mehr richtig ausgefahren und genoss das Gefühl, über die Landstraßen nördlich von Hamburg zu heizen. Natürlich brauchte er so erheblich länger an den Werwolf-Strand und erreichte erst gegen Mittag das ‚Café Seeblick'.

„Hallo, Jeff! Schön, dich zu sehen," begrüßte Pierre ihn überschwänglich, als er das Café betrat.

Als wären sie schon alte Freunde.

„Hast du Dina denn auch mitgebracht?", fragte er und sah verwundert zu Jeffs Motorrad hinunter.

„Heißes Gerät, übrigens." Er grinste breit.

„Danke! Aber nein, Dina habe ich nicht dabei. Sie ist ja heute in der Arbeit. Muss sich sicher um einen anderen frisch verwandelten Werwolf kümmern." Jeff versuchte, sich nicht anmerken zu lassen, dass ihn die Frage etwas aus dem Konzept und seinen Vorsatz, heute nicht an sie zu denken, ins Wanken brachte.

Doch Pierre hatte ihn schon durchschaut.

„Lass den Kopf nicht hängen, Jeff. Setz dich hin und dann bringe ich dir erst mal etwas Leckeres zu Essen. Magst du Fisch und Krabben?"

Mit diesen Worten schob er Jeff zu einer Lounge-Garnitur, die im Halbschatten stand und wieder einen phänomenalen Blick auf Strand und Meer freigab.

Am Strand waren heute trotz des traumhaften Wetters nur wenige Menschen zu sehen. Einige Frauen, die mit kleinen Kindern oder Hunden spielten oder Sandburgen bauten. Dazwischen tummelten sich einige Teenager. Im Meer selbst entdeckte Jeff einige Stand-up-Paddler.

„Richtig idyllisch, oder?", fragte Pierre, als er eine Cola und einen großen Teller vor Jeff abstellte.

Fisch, Krabben und Tintenfische in allen möglichen Variationen waren darauf. Dazu gab es Tsatsiki und Bratkartoffeln. Jeff lief schon allein beim Hinschauen das Wasser im Mund zusammen.

„O Mann, sieht das aber lecker aus, Pierre. Wenn du eine Frau wärst, würde ich dich auf der Stelle heiraten."

Pierre lachte und ließ Jeff wieder alleine, um

andere Gäste zu bedienen.

Als Jeff fertig gegessen hatte, kam dieser mit zwei Tassen Kaffee in der Hand, wieder zu ihm zurück. Er setzte sich Jeff gegenüber und sah ihn erwartungsvoll an.

„So, jetzt erzähl mal … was läuft da zwischen dir und Dina?"

Jeff trank einen Schluck Kaffee und starrte in seine Tasse. „Ehrlich gesagt, weiß ich es nicht. Irgendwie werde ich nicht schlau aus ihr." Er seufzte. „Wir haben gestern den Tag zusammen verbracht…"

„Oh, das ist ja aufregend! Wie kam das?", unterbrach Pierre ihn.

„Um genau zu sein, haben wir die Nacht vorher auch schon gemeinsam verbracht."

Pierres Grinsen fiel in sich zusammen und wich einem mehr als erstaunten Gesichtsausdruck. „Aber da war ja Vollmond!", rief er aus. „Dann habt ihr euch ja gemeinsam verwandelt, oder?"

Jeff nickte und sah ihn verwundert an. „Warum ist das denn so bemerkenswert? Wie machen das denn Werwolfpaare?"

Pierre winkte ab. „Na, die machen das auch so. Natürlich. Es ist im Grunde nicht ganz ungefährlich – aber wenn man sich ausreichend sichert und genug von dem ekelhaften Wolfswurz trinkt, geht's in der Regel gut." Da legte Pierre seine Hand auf Jeffs Knie und blickte ihn ernst an.

„Aber in Dinas Fall ist das schon außergewöhnlich! Das darfst du mir glauben." Als Jeff ihn verwundert ansah, fuhr Pierre fort.

„Wahrscheinlich hat sie es dir noch nicht erzählt, aber ihre Mutter ist bei einer gemeinsamen Verwandlung mit ihrem Vater ums Leben gekommen. Das war in dem Jahr, als Dinas erste Verwandlung anstand."

Entgeistert sah Jeff Pierre an. „Was?! Wie ist das denn passiert?"

„Genau hat das leider nie jemand sagen können. Aber anscheinend ist eine der Ketten, an die Wolf gefesselt war, während der Verwandlung gerissen, und er hat dann in seiner wilden Werwolfs-Wut seine eigene Frau angegriffen." Pierre sah nun sehr traurig aus. „Das waren ein paar schwere Jahre für Dina und ihre Familie. Wolf ist seitdem etwas … nennen wir es mal, überfürsorglich geworden. Das hat sicher auch ein wenig auf Dina abgefärbt. Und er fährt einen mega strengen Kurs mit allen neuen Werwölfen. Aber das hast du ja anscheinend schon am eigenen Leib zu spüren bekommen." Bei seinen letzten Worten huschte kurz ein leichtes Lächeln über Pierres Gesicht.

„Aber das ist ja furchtbar! Ich verstehe immer noch nicht, wie man denn aus Versehen seine eigene Frau umbringen kann. Kommt das öfter vor?" Jeff war immer noch entgeistert.

Mal wieder traf ihn eine der Schattenseiten seines neuen Werwolf-Lebens mit voller Wucht. Wie ein Schlag in die Eingeweide.

Pierre zuckte mit den Achseln. „Allgemeines Risiko einer Werwolf-Ehe. Früher war das anscheinend keine Seltenheit. Und auch heute kommt es wohl immer mal wieder vor. Aber schön ist es nicht, keine Frage."

„Das erklärt, warum sie so zögerlich reagiert hat, als ich sie gebeten habe, sich mit mir gemeinsam zu verwandeln." Er vergrub sein Gesicht in den Händen. „Und ich Trottel habe nur daran gedacht, wie viel Schiss ich vor der nächsten blöden Verwandlung haben werde. Dämlich, so dämlich." Er schüttelte müde den Kopf und blickte wieder zu Pierre auf. „Als sie gezögert hat, dachte ich noch, das würde daran liegen, dass sie mir eigentlich nicht zu nahe kommen möchte. Also, um doch noch ein bisschen professionelle Distanz zwischen uns zu wahren … Dabei hatte sie wahrscheinlich einfach nur Angst, ich würde sie aus Versehen umbringen."

Pierre sah ihn direkt an und legte sanft seine Hand auf Jeffs. „Ich glaube, sie hatte Angst, dich aus Versehen zu verletzten oder Schlimmeres."

Jeff blickte ihn mit zusammengekniffenen Augen an. „Wie meinst du das?"

„Na, ganz genau so, wie ich es gesagt habe. Sie

wollte wohl eher dich vor sich selbst schützen. Ich habe euch letzte Woche beobachtet." Nun trat ein verschmitztes Lächeln auf Pierres Gesicht. „Also, dass du komplett vernarrt in sie bist, sieht ja sogar ein Blinder mit Krückstock."

Jeff schnaubte. Na toll, wirkte er mittlerweile etwa schon wie ein liebestrunkener Idiot?

„Bei Dina ist das etwas schwieriger festzustellen," fuhr Pierre fort. „Aber ich kenne sie nun schon lange genug, um das einschätzen zu können. Und ich würde sagen, dass sie eindeutig in dich verknallt ist." Nun seufzte er tief und stand auf, um das leere Geschirr wegzuräumen. „Aber so, wie ich unsere Dina kenne - und dein langes Gesicht, als du vorhin gekommen bist, bestätigt mir das –, steht sie sich wahrscheinlich mal wieder selbst im Weg. Gib ihr einfach ein bisschen Zeit. Okay?" Jeff nickte.

Pierre räumte ab und brachte ihnen eine weitere Runde Kaffee. So blieb Jeff eine Weile auf der lauschigen Veranda und trat dann auch bald den Heimweg an. Über die Autobahnroute erreichte er gerade noch vor Einbruch der Dunkelheit seine Wohnung.

Müde fiel er ins Bett und beschloss, auf das zu vertrauen, was Pierre ihm am Nachmittag geraten hatte. Er würde Dina Zeit zum Grübeln geben. So viel sie brauchte.

***

Am nächsten Tag kam sein Vorsatz auch gleich schon wieder ins Wanken. Denn als er hellwach und ausgeschlafen, das Werwolf-Office erreichte, erfuhr er, dass ihm ein neuer Operator zugewiesen worden war.

„Wann ist das denn passiert?", fragte Jeff die Dame am Empfang entgeistert, die ihm das gerade mitgeteilt hatte.

Sie tippte etwas in ihren Computer ein. „Das kann ich Ihnen nicht genau sagen, Herr Mayer. Aber ich denke, dass diese Änderung erst gestern Nachmittag eingetragen wurde."

Jeff schäumte vor Wut. Was war das denn?

Wollte Dina ihm etwa aus dem Weg gehen?

„Herr Mayer, wenn ich Sie nun bitten dürfte, für heute schon mal ohne Ihren neuen Operator mit den Simulationen zu beginnen. Man erwartet Sie bereits im Labor."

Jeff brummte etwas Unverständliches, nickte aber dann. Die Brünette wirkte erleichtert, dass er keine Szene machte.

„Wunderbar! Ihr neuer Operator ist Laura Sand. Sie wird sich dann um dreizehn Uhr mit Ihnen im Konferenzraum treffen."

„Okay", brummte Jeff unwirsch und machte sich auf den Weg zu den Laboren.

Das konnte doch wohl nicht ihr Ernst sein, oder? Er fischte in seiner Hosentasche nach seinem Handy und wählte Dinas Nummer. Es läutete und läutete, aber niemand nahm ab. Dann sprang auch gleich der Anrufbeantworter an.

Vor lauter Wut hätte Jeff fast sein Handy gegen die Wand gepfeffert. Jedoch beherrschte er sich, da ihm ein paar andere Werwölfe entgegenkamen.

Dann hatte er auch schon das Labor erreicht, in

dem Nick und Michael längst auf ihn warteten. *Wenigstens die beiden sind noch da*, dachte Jeff bitter.

Nick blickte ihn mitleidig an. „Bevor du fragst: Wir hatten keine Ahnung! Ich habe sie gestern nur einmal kurz gesehen, da war sie auch schon so komisch. Aber seitdem scheint sie irgendwie wie vom Erdboden verschluckt zu sein." Er schüttelte den Kopf und schob Jeff in den Raum, um ihn für die Simulation vorzubereiten.

Schlechte Laune schien im Kampf gegen Jeffs inneren Werwolf Wunder zu wirken, wie er feststellte. Er meisterte die Übungen am Vormittag mit Bravour.

Sodass er sich am Mittag mit etwas besserer Stimmung gemeinsam mit Nick und Michael in die Kantine begab.

Verstohlen sah er sich um. Aber auch hier war Dina nirgends zu sehen. Also schrieb er ihr die nun fünfte Nachricht, in der er sie bat, sich bei ihm zu melden. Aber sie meldete sich nicht. Nicht in dieser Mittagspause und auch nicht am

Nachmittag.

Dafür wurde Jeff seinem neuen Operator vorgestellt. Laura Sand! Eine eher dickliche Blondine, die es verdammt genau mit den Regeln zu nehmen schien.

Sie hatte sich alle Protokolle seiner Simulationen geben lassen. Diese nahm sie den Nachmittag über auseinander und fragte Jeff immer wieder, wie er bei welcher Situation empfunden habe.

Brennend interessierte sie natürlich, welche Vision er bei der Verwandlung gehabt hatte, als er auf Leonora getroffen war. Jeff musste diese furchtbare Vision mit ihr bis zum Erbrechen durchkauen.

Wobei sie immer wieder betonte, wie wichtig es war, dass er sich genau einprägte, in welchen Situationen er seinen Wolf am einfachsten wieder unter Kontrolle bekommen konnte.

„Weißt du, das ist eine Sache des Unterbewusstseins!" Mit erhobenem Zeigefinger sah sie Jeff an und erinnerte ihn dabei an seine

Deutschlehrerin aus der fünften Klasse. „Wenn du dir bewusst machst, in welcher Situation du dich am einfachsten unter Kontrolle hast – also, an was du denkst, wie du fühlst usw. – dann kannst du das, wenn diese Situation im realen Leben auftritt, einfach abrufen. Dein Unterbewusstsein erinnert sich dann daran, und du kannst intuitiv handeln."

So ging es den ganzen Nachmittag weiter.

Aber als wäre das nicht schon genug, setzte Laura in dieser Woche für jeden Tag ein Treffen an. Zur Analyse, wie sie sagte.

„Mir scheint, als wäre diese von meiner Vorgängerin etwas zu lasch durchgeführt worden", meinte sie.

Jeff war auf hundertachtzig!

Warum konnte sich diese Pedantin nicht einfach in Luft auflösen? Dina hingegen hatte es scheinbar getan. Er bekam sie die ganze Woche über nicht zu Gesicht - sie reagierte auch auf keinen seiner Anrufe und keine seiner Nachrichten.

Bis er schließlich gegen Ende der Woche eine kurze Textnachricht von ihr erhielt. In dieser stand lediglich, dass sie sich sehr bald bei ihm melden würde. Er solle in der Zwischenzeit bitte etwas Geduld mit ihr haben und ihr vertrauen.

Nicht gerade das, was er sich erhofft hatte. *Aber zumindest hat sie mal auf meine Flut an Kontaktversuchen reagiert,* dachte Jeff und bemühte sich redlich, sich in Geduld zu üben.

Kapitel 16

Mal wieder Freitagabend. Nick und Michael hatten Jeff überredet, mit ihnen ins ‚Sphinx' zu kommen. Um auf andere Gedanken zu kommen, hatten sie gemeint.

Also stand Jeff nun wieder in Jeans und einem seiner schöneren Poloshirts im Flur und zog sich seine Sneaker an.

Schließlich musste er, wenn ihm schon innerlich überhaupt nicht nach flirten zumute war, mit seinem Äußeren umso mehr Eindruck machen. Er wurde nämlich das Gefühl nicht los, dass Michael und Nick sonst nicht lockerlassen würden.

Er warf gerade noch einen letzten Blick in den Spiegel, um den Sitz seiner ständig in alle Richtungen abstehenden Haare zu korrigieren, als es an seiner Wohnungstür klingelte.

Jeff blickte auf den Monitor für die kleine Kamera, und sofort sackte ihm sein Herz in die Hosentasche.

Dort stand Dina! Jeff nahm den Hörer vom Apparat.

„Hallo, Dina. Was machst du denn hier?" Er versuchte, möglichst neutral zu klingen.

„Jeff, ich würde gern mit dir reden! Kann ich kurz rauf kommen?"

Schneller Kontrollblick auf die Uhr. „Okay, kurz! Nick und Michael müssten nämlich jeden Moment kommen, um mich abzuholen."

Er drückte auf den Türöffner, vernahm ein leises Summen durch den Telefonhörer und legte auf.

Wie gelähmt stand er vor der Tür und lauschte auf Dinas Schritte im Treppenhaus. Er hörte, wie sie oben ankam und öffnete, die Tür, bevor sie klopfen konnte.

„Hi!", begrüßte sie ihn und versuchte, ihn anzulächeln.

Es misslang kläglich.

Jeff glaubte sogar, so etwas wie Nervosität und Unsicherheit in ihrem Blick zu sehen.

„Hallo."

„Lässt du mich rein?"

Als Antwort trat Jeff zur Seite und bedeutete ihr mit einer Armbewegung, einzutreten.

Neben der Tür blieb er stehen und ließ Dina ins Wohnzimmer vorausgehen. Anschließend folgte er ihr, blieb aber, an den offenen Türrahmen gelehnt stehen und blickte sie abwartend an.

Dina stand in der Mitte des Raumes und knetete ihre Hände. „Du hast mich doch letztens gefragt, wie das mit uns weitergehen soll." Sie brach ab und sah ihn hilfesuchend an.

„Daraufhin hast du offensichtlich beschlossen, dass es mit uns gar nicht weitergehen soll. Oder warum bist du sonst einfach untergetaucht?", gab Jeff trocken zurück.

Sie schluckte. „Nein, also ... Doch, in gewissem Sinne bin ich irgendwie untergetaucht." Sie setzte sich auf die Couch. Nur um im nächsten Moment, wieder aufzuspringen und vorsichtig einige Schritte auf Jeff zuzugehen. „Ich habe dir doch gesagt, dass das mit uns nicht ganz so einfach ist, wie du es dir vorgestellt hast ... da wäre einmal mein Vater. Du kennst ihn nicht. Er kann manchmal ein bisschen autoritär sein."

Jeff zog fragend eine Augenbraue hoch.

„O ja, richtig! Du hast ihn schon einmal erlebt ... Dann kannst du zumindest in etwa einschätzen, wie er als Vater ist. Er ist etwas behütend und ihm ist nie jemand gut genug. Na ja, aber so sind wohl die meisten Väter." Sie lächelte schwach. „Was noch dazu kommt, ist, dass ich als Operator nichts mit einem meiner Schützlinge anfangen darf." Sie blickte Jeff aus ihren großen, grünen Augen traurig an.

Da lief Jeff auch schon Gefahr, sich ein weiteres Mal in ihnen zu verlieren ... Er riss sich aber los und erwiderte: „Verstehe ich das richtig, dass du gekommen bist, um mir – noch mal und in aller Deutlichkeit – zu sagen, dass du nicht mit mir zusammen sein kannst? Oder es vielleicht eigentlich auch gar nicht willst?" Er sah sie einen Augenblick lang prüfend an. „Ich habe seit dieser Woche nämlich einen neuen Operator. Eine ziemlich heiße Blondine."

Jeff wollte wissen, wie sie auf diese Aussage reagieren würde. Die Beschreibung ‚heiße Blondine' war natürlich maßlos übertrieben, denn auf Laura traf davon eigentlich nur ‚Blondine' zu.

„Ich weiß ..." In diesem Moment klingelte es erneut an der Wohnungstür.

„Warte." Jeff hob kurz die Hand, wie um seinen Worten mehr Nachdruck zu verleihen. Er ging zur Tür und sah schon von weitem Nicks Tolle auf dem kleinen Bildschirm der Kamera.

„Nick!"

„Hey, Alter!", rief dieser. „Komm runter ... die Party wartet!"

„Gib mir bitte noch zwei Minuten."

Kurze Pause.

„Okay! Aber beeil dich, Mann. Ich sterbe nämlich schon vor Hunger."

Selbst durch das stimmenverzerrende Knacksen der Sprechanlage konnte Jeff Nicks Verstimmung hören.

Zurück ins Wohnzimmer. Dina stand immer

noch in der Mitte des Raumes und knetete ihre Hände.

„Die Jungs sind da."

Sie nickte.

„Du hast noch zwei Minuten. Also, weshalb bist du wirklich gekommen, Dina?" Er hoffte inständig, bereits zu wissen, was sie sagen würde. Jedoch wollte er es aus ihrem Mund hören. Außerdem konnte er sie nun ruhig auch mal ein bisschen zappeln lassen, fand er. Schließlich hatte sie sich eine ganze Woche tot gestellt.

Dina holte tief Luft. „Ich habe mich auch in dich verliebt, Jeff." Bei diesen Worten blickte sie ihn direkt an.

„Zunächst wollte ich es mir nicht eingestehen und dann habe ich versucht, es zu verdrängen. Aber nach letztem Wochenende ... nach all dem, was du gesagt hast und so lieb, wie du zu mir warst." Sie machte eine hilflose Bewegung mit den Händen. „Das Wochenende mit dir war viel zu schön, als dass ich es nicht nochmal erleben will! Also habe ich mich dran gemacht, ein paar

Dinge für uns zu klären ... und jetzt bin ich da. Hier, bei dir und, um mit dir zu sein."

Sie blickte ihn so hoffnungsvoll an mit ihren großen, grünen Augen an, dass Jeffs Herz förmlich einen Satz machte.

Richtig Herzklopfen verursachte allerdings hauptsächlich das, was Dina gerade gesagt hatte. Sie wollte ihn auch!

Ein kleiner Teil von Jeff weigerte sich jedoch, einfach so kleinbeizugeben und sich mit dieser eher nichtssagenden Aussage zufriedenzugeben. Daher blieb er an den Türstock gelehnt stehen. Vorsichtshalber vergrub er seine Hände in den Hosentaschen.

„Was meinst du denn genau damit, ein paar Dinge für uns geklärt zu haben?"

„Nun, zunächst mal habe ich mit meinem Vater gesprochen. Er war, positiv ausgedrückt, nicht sehr angetan davon, dass ich Gefühle für dich entwickelt habe." Angespannt fuhr sie sich mit der Hand durch die Haare. „Na ja, ich habe ihn dann aber davon überzeugen können, dass das mein Leben ist. Und, dass ich mittlerweile wirklich alt genug bin, selbst für mich zu entscheiden." Sie atmete tief aus. „Dann musste ich noch vor dem Rat vorsprechen und sie darum bitten, einen neuen Operator für dich zu benennen. Das ist im Protokoll nämlich normalerweise nicht vorgesehen. So einen Fall scheint es bisher noch nicht gegeben zu haben." Zerknirscht sah sie ihn an und atmete schließlich noch einmal tief ein und aus. „Nachdem dir nun aber ein neuer Operator zugewiesen wurde, stehen uns meines Erachtens nach keine weiteren Hürden mehr im Weg. Aus diesem Grund bin ich nun auch direkt zu dir gekommen, um dir zu sagen, dass ich sehr gerne mit dir zusammen sein möchte. Vorausgesetzt du willst mich noch." Unsicher blickte sie ihn aus ihren großen grünen Augen an. Mit einem Blick, der auch den letzten Groll und Ärger in ihm verpuffen ließ. Mit zwei großen Schritten durchquerte er den Raum, bis er direkt vor ihr stand.

Dann nahm er vorsichtig ihr Gesicht in seine

Hände und zog sie zu sich heran. Nun bedeckte er es mit sanften Küssen. Von der feinen Linie, die ihr Kinn bildete, arbeitete er sich über die Schläfen nach oben vor und küsste dann die weiche Haut direkt neben ihren Augen und fragte murmelnd, warum das denn alles so lange gedauert hatte.

„Oh, das war ein einziges Chaos. Ich musste ziemlich vielen wichtigen Leuten erklären, dass ich mich in dich verliebt habe und dich deshalb nicht mehr betreuen kann." Bei diesen Worten fuhr Dina mit den Fingern sanft durch Jeffs Haare.

Er sah sie nur stirnrunzelnd an. „Nein, das habe ich nicht gemeint. Ich habe dich gemeint und warum du so lange gebraucht hast, um zu mir zu finden."

Dina zuckte mit den Achseln, stellte sich auf die Zehenspitzen und drückte sanfte Küsse auf Jeffs Hals. „Jetzt bin ich doch da."

„Ja, jetzt bist du da."

Dinas Mund wanderte liebkosend hoch zu Jeffs Mund. Sie drückte sanft ihre Lippen auf seine. Er erwiderte den Kuss sofort, öffnete seine Lippen und ließ ihre Zunge eindringen. Seinen Mund erkunden. Er knabberte sanft an ihrer Lippe, bis es erneut an der Tür klingelte.

Seufzend ließ Jeff Dina los. „Hast du vielleicht Hunger?"

Dina nickte und sah dabei so schön aus, dass sich Jeff gleich nochmal zu ihr vorbeugen und sie küssen musste.

Fordernd und leidenschaftlich.

Als Dina eine Hand in seinen Haaren vergrub und mit der anderen Hand an seinem Körper hinunter wanderte, klingelte Jeffs Handy.

„Kommst du dann endlich runter oder nicht?", murrte ihn Nick durch das Smartphone an.

Jeff warf Dina einen fragenden Blick zu. Sie nickte.

„Wir kommen runter."

„Wir?!"

„Dina kommt mit."

Jeff unterbrach das daraufhin folgende Gegröle aus seinem Handy, indem er einfach auflegte.

Dann ergriff er Dinas Hand und verließ gemeinsam mit ihr die Wohnung.